Hartmut Lange

Irrtum als Erkenntnis

Meine Realitätserfahrung als Schriftsteller

Diogenes

Anmerkung zur Entstehung der Texte
am Schluß des Bandes
Umschlagillustration:
Anna Keel,
›Gelbe Birnen auf Teller‹, 1993

www.diogenes.ch
30/02/36/1
ISBN 3 257 06304 0

Inhalt

Meine Realitätserfahrung als Schriftsteller 7

Reflexionen 57

Zeichen der Kunst 145

Nachweis 199

Meine Realitätserfahrung als Schriftsteller

Wie kommt man zum Schreiben? Ausgangspunkt: Die naive Vorstellungswelt.

Wie kommt man zum Schreiben! Diese Frage muß der Schriftsteller bei Diskussionen immer wieder beantworten, offensichtlich vermutet man da ein Geheimnis. Es gibt aber kein Geheimnis. Zunächst könnte man sagen: Jeder von uns hat die Fähigkeit, ja er wird geradezu gezwungen, einen Wechsel von der tatsächlichen Welt in die Vorstellungswelt zu vollziehen. Montaigne umschreibt dies klar mit seiner Bemerkung: Es sind nicht die Dinge selbst, die uns ein Leben lang umtreiben, sondern es sind die Vorstellungen, die wir uns von den Dingen machen.

Trotzdem gilt die landläufige Meinung, der Mensch sei vor allem ein erkennendes Wesen und er müsse, was seiner Vorstellungswelt angehört, durch den Begriff hinwegleuchten. Das auf Erkenntnis ausgerichtete Denken gilt mehr als das spekulative Denken der Phantasie. Das war nicht immer so. In der Antike waren Erkenntniswelt und Vorstellungswelt ununterscheidbar. Wir wissen, daß Homers *Ilias* den Griechen als wissenschaftliche Geschichte galt ebenso wie den Römern die Werke des Tacitus, der munter Legenden und Fakten durcheinandermischte, oder die Schriften des Polybius, der alle mediterranen Vorgänge seit Alexander und Hannibal harmonisch aufeinander abstimmte. Ähnlich verfährt die römische materialistische Philosophie. *De re-*

rum natura von Lukrez, in Hexametern geschrieben, behandelt die Bewegungen der Materie ganz so wie die Bewegung der vorgestellten Götter. »Wie Zeus«, schrieb Marx, »unter den tosenden Waffenkämpfen der Kureten aufwuchs, so hier die Welt unter dem klingenden Kampfspiel der Atome.« Marx nannte die Antike »die natürliche Kindheit der Menschheit«, und auch die Scholastik des Mittelalters betrieb Wissenschaft einzig zu dem Zweck, die Vorstellungswelt des Christentums begrifflich zu untermauern.

Das erste ernsthafte Auseinanderdriften von Erkenntnis und Vorstellung begann mit dem Satz: »Ich denke, also bin ich.« Descartes hat den Wahrheitsgrund des Menschen über die Grenze zum Intellekt verschoben. Und für Spinoza sind Realität und Gottesbegriff schon identisch. Hegel geht einen Schritt weiter. Erst seit Hegels Philosophie wird die Vorstellungswelt, auch wo sie im Absoluten, also bei Gott, endet, mit dem Erkennen gleichgesetzt, und nach Hegel haben die Wissenschaften unter dem Einfluß des Positivismus jeden spekulativen Ansatz gestrichen.

Heute, im wissenschaftlichen Zeitalter, leben wir unter dem rationalistischen Verdikt, daß mit dem Erkennbaren auch alle Realität endet und daß nur das Erkennbare, nicht das Unerkennbare, dem Wahrheitsgrund der menschlichen Existenz zugerechnet werden darf.

Man kann also sagen, und Hegels Geschichtsphilosophie läuft darauf hinaus, daß der Zustand naiven Wissens, das sich in poetische Formen fassen kann, leider vergänglich ist. Das gesellschaftliche Bewußtsein schreitet fort, und es verliert in dem Maße poetische Begrifflichkeit, wie es sich dafür das positive Wissen über die Welt aneignen kann. Hegel definierte schon seine gegenwärtige preußische Welt als kunstunfähig, weil zu vernünftig, und nur der Renaissance, vor allem Shakespeare, gestand er noch die Fähigkeit zu, menschliche Geschichte spekulativ als Legende mit Ausschmückungen persönlicher Art auf die Bühne zu bringen.

Nun gibt es einen Abschnitt in unserem Leben, in dem sich der eben beschriebene Vorgang, der sich als Gattungsgeschichte vollzieht, als Geschichte des Individuums wiederholt. Das Kind hat noch keine oder nur eine sehr geringe Fähigkeit zur Erkenntnis. Seine Realitätserfahrung wird gespeist aus der einfachen Anschauung; wo es diese übersteigt, beginnt die naive Vorstellungswelt. Und hier, würde ich sagen, und nirgends sonst beginnt auch die Realitätserfahrung des Schriftstellers.

Wie also kommt man zum Schreiben! Es versteht sich von selbst, daß ich nur über mich reden kann, und wenn ich versuche, möglichst weit zurück in meiner Kindheit nach Indizien hierfür zu suchen, dann fällt mir zunächst ein, daß ich als Erst- und Zweitklässler besonders rasch, sozusagen ohne Punkt und Komma, laut lesen konnte. Das Buchstabieren war etwas, das mir wenig Mühe machte.

Mit neun Jahren, als ich wieder in Berlin war, von 1939 bis 1946 lebte meine Familie in Polen, mit neun Jahren begann ich Gespenstergeschichten zu erzählen. Meine Mutter verlor damals ihre Lebensmittelkarte, und da es keinen Ersatz gab, bot ich meinen Mitschülern an, sie zu unterhalten, das heißt, es gelang mir, sie in wenigen Minuten zu fesseln, indem ich etwas Spannendes erzählte. Dafür bekam ich belegte Brote, die ich mit nach Hause nahm.

Irgendwann danach fing ich an zu reimen. Auch das ging

mühelos, und was mich heute noch irritiert: Die unbedingte Naivität, mit der dies geschah, ging bis weit in die Pubertät hinein. Mit vierzehn reimte ich folgenden Vers:

Mütterchen hält Märchenstunde,
Sitzet traulich am Kamin
Und erzählt vom goldnen Schlosse,
Das der liebe Mond beschien.

Zwei Jahre später klang alles schon etwas reifer. Mit sechzehn schrieb ich in einem Ferienlager während der Nachtwache folgende drei Strophen:

Der Wind hat sich verhangen,
Das Mondlicht hockt im Strauch,
Ist übers Moor gegangen
Und brennt und knistert auch.

Die Eiche grinst gespalten,
Verstohlen treibt das Boot,
Am Himmel ziehn Gestalten,
Die Fledermaus ist tot.

Die Nacht hat sie begraben,
Jetzt grillt der letzte Gast,
Zwei Totengräber schaben,
Und Nebel fällt vom Ast.

Das war schon Lyrik, und ich erinnere mich genau, daß ich alles, was ich da beschrieb, auch vor Augen hatte. Aber was merkwürdig war: Ich hatte, wenn man die Realität berücksichtigt, in der ich mich befand, gar keinen Grund, so etwas zu schreiben, denn Naturnähe und romantische Schwärmerei waren in einem FDJ-Lager so ziemlich das letzte, was einem nahegebracht wurde. Wir sangen politische Lieder, wurden auf den Sozialismus und auf Stalin eingeschworen, erfuhren von den Verbrechen der Nationalsozialisten, aber dies war eine Komplexität, die meine Vorstellungswelt nicht erreichte.

Ähnlich war es Jahre zuvor in Polen gewesen. Ich erinnere mich daran, wie ich beim Schlittschuhlaufen auf einem zugefrorenen Teich plötzlich eine V1 über uns hinwegfliegen sah, die irgendwo am Horizont explodierte. Das hielt mich keineswegs davon ab, weiter Schlittschuh zu laufen. Auf dem Hof der Gendarmerie sah ich durchschossene Sträflingskleidung liegen, und immer wieder kamen polnische Frauen zu meiner Mutter, um sie weinend und lamentierend darum zu bitten, daß mein Vater ihre Pakete, die sie an Verwandte nach Warschau schicken wollten, nicht öffnete. Mein Vater leitete eine Gendarmerie auf dem Lande, und es war den Polen verboten, Fleisch und Geflügel zu verschicken. Die Zeichen des Krieges und die alltägliche Unterdrückung der Polen waren unübersehbar, aber ich konnte dies für mich noch nicht in Erfahrung bringen, das heißt, meine Vorstellungswelt war noch begriffsarm und außerstande, von der einfachen Wahrnehmung zu abstrahieren. Die Komplexität im politischen Umfeld, an der ich teilnahm, blieb meinem kindlichen Gemüt undurchschaubar. Es war, wenn ich daran zurückdenke, eine merkwürdige Autonomieerfahrung.

Obwohl ich meinen Vater liebte, war ich empört, als er den Befehl gab, eine alte Polin ins Gefängnis zu schleppen und sie gegebenenfalls zu prügeln. Warum dies geschah, sie hatte etwas gegen Hitler gesagt, wurde ebenfalls erörtert, aber es entzog sich meinem Verständnis.

Ebenso erinnere ich mich, daß oft Leute von der ss bei uns zu Besuch waren und mich auf den Knien schaukelten. Man hörte von der Front her Geschützdonner, und sie erzählten, daß die Russen den Kindern die Bäuche aufschlitzen würden, und das machte mir angst. Ich sah auf die Totenköpfe ihrer Mützen, die sie auf dem Tisch abgelegt hatten, aber was da in Wirklichkeit vor sich ging, gehörte nicht meiner Vorstellungswelt an. Ich spielte mit der Ritterburg, die mir mein Bruder aus Holz geschnitzt hatte und die ich 1944 als Weihnachtsgeschenk bekam.

Zwei Wochen später mußten wir vor der Roten Armee fliehen, und die Irrfahrt bei minus dreißig Grad auf einem Pferdewagen gab mir keine eigentliche Vorstellung von der tödlichen Gefahr, in der wir uns befanden. Sicher, da explodierte eine Munitionsfabrik, so daß Wagen und Pferde durcheinanderrasten, Tiefflieger tauchten auf, wir waren immer wieder gezwungen, unter den Wagen Schutz zu suchen. Zuletzt, als wir schon von der Roten Armee eingekesselt waren, versuchte mein Vater durchzubrechen. Es war Nacht, wir fuhren mit dem Pferdewagen durch den Wald, man hörte ununterbrochenes Maschinengewehrfeuer, und als wir den Wald hinter uns hatten, sahen wir brennende Gehöfte.

Ich erlebte auch, wie russische Soldaten meinen Vater gefangennahmen, das heißt, ich sah, wie er ihnen mit erhobenen Händen entgegenging, aber ich wußte nicht, was das zu bedeuten hatte. Und irgendwann nahmen mich russische Soldaten, genauso wie vorher die Leute von der SS, auf die Knie und gaben mir Kekse zu essen. Beide Vorgänge blieben für mich ununterscheidbar.

Worauf ich hinauswill: Die Autonomieerfahrung, die wir in unserer Kindheit machen, blendet nicht etwa den Erlebnishorizont aus, wir sind nur unfähig, diesen objektiv zu deuten. So wird die einfache Wahrnehmung ständig durch die kindliche Vorstellungswelt selektiert, und auch wo wir das Bedrohliche unmittelbar und ganz unausweichlich erfahren, bleibt es abstrakt und somit im Bereich des Grundlosen. Ich erwähne dies hier, weil das Grundlose eine der Hauptprämissen der Existenzphilosophie ist und weil sich hier die Autonomieerfahrung der kindlichen Welt auf höherer Stufe wiederholt. Ich werde darauf zurückkommen. Jetzt genügt der Hinweis, daß wir die naive Vorstellungswelt ernst nehmen müssen, da sie im Entdecken der tatsächlichen Welt, also in unserem Erwachsenwerden, nicht verschwindet, sondern auf eine qualitativ höhere Stufe gehoben wird.

In der Kindheit besteht die Autonomie des Subjektiven darin, daß tatsächliche Welt und Vorstellungswelt immer wieder auseinanderdriften. So erinnere ich mich daran, daß ich auf der Oberschule, statt die Hausaufgaben zu machen und mich auf Prüfungen vorzubereiten, mit dem Abfassen von Versen beschäftigt war. Ich schrieb Epen über mittelalterliche Helden oder faßte Erinnerungen an Klassenfahrten in Reime zusammen, die man dann zur allgemeinen Belustigung am Schwarzen Brett öffentlich aushängte. So wie ich mit neun Jahren Gespenstergeschichten erzählte, trat ich mit sechzehn als Entertainer bei Schülerversammlungen und Elternabenden auf. Aber das Abitur, worauf es schließlich ankam, schaffte ich keineswegs. Und so mußte ich die elfte Klasse verlassen und wurde Büroangestellter.

Der Leiter des Leichtathletikvereins, dem ich damals angehörte, war Bezirksstaatsanwalt. Er brachte mich in seinem Büro als Hilfskraft unter, und nun wurde ich Nutznießer jenes merkwürdigen Karriereprinzips, das in der DDR herrschte. Das heißt, man hatte den obligatorischen Bildungsweg abgeschwächt, und es war immer möglich, als Seiteneinsteiger in der jeweiligen Hierarchie voranzukommen, vorausgesetzt, man war begabt und gehörte den unterprivilegierten Schichten an.

Für das SED-Regime war meine soziale Herkunft sozusagen makellos: der Vater Fleischermeister, die Mutter Verkäuferin und Reinemachefrau. Und so gab man mir immer die Möglichkeit, auch in der Diskontinuität meinen *Wilhelm Meister* fortzusetzen. Das sah etwa folgendermaßen aus: Zunächst mußte ich Botengänge erledigen. Nach einigen Monaten vertraute man mir die Leitung einer Geschäftsstelle an, und wieder Monate später bestellte man mich zur Kaderabteilung, um mir zu sagen, daß ich Staatsanwalt werden sollte. Man wollte mich auf die Walter-Ulbricht-Akademie nach Babelsberg schicken, wo die juristische Elite der DDR ausgebildet wurde. Ich fühlte mich hochgeehrt und war einverstanden. Jetzt gab es nur noch eine Formalität zu erledigen. Ich war nicht Mitglied der SED. Ich erinnere mich, wie mir der Kaderleiter lächelnd das Beitrittsformular zuschob und wie ungläubig er mich ansah, als ich ihm erklärte, es käme für mich überhaupt nicht in Frage, einer Partei beizutreten. Die Situation war absurd. Ich war einverstanden, Staatsanwalt zu werden, lehnte es aber gleichzeitig ab, der Partei dieses Staates beizutreten, und ich ging völlig unbeirrt in mein Büro zurück und schrieb weiter an meinem Roman *Der ewige Jude.* Ich dachte auch nicht im entferntesten daran, daß dies Konsequenzen haben könnte.

Hier also wieder das Phänomen einer Autonomieerfahrung, in der die Vorstellungswelt die reale Welt majorisiert. Das Schreiben schien mir von jetzt an das wichtigste. Diese Tätigkeit war beinahe wie eine Sucht, hier herrschte ein Gefühl von ›alles oder nichts‹, und so schrieb ich, ohne Rücksichten und indem ich die Geschäftsstelle vernachlässigte, immer nur an diesem Roman. Als ich Anklageschriften, statt sie dem Staatsanwalt vorzulegen, im Papierkorb verschwinden ließ, nahm man dies zum Anlaß, um mich auf die Straße zu setzen, was man ohnehin vorhatte, und nun begann für mich eine Existenz auf der untersten Sozialebene. Ich wurde Gelegenheitsarbeiter und arbeitete fast immer nur bis zur ersten Lohnauszahlung, schrieb dann, bis das Geld verbraucht war, an meinem Roman, um wieder irgendeine Handlangerarbeit anzunehmen. Ich stapelte auf einem Holzplatz Bretter, verkaufte Eis, war in einem Elektrowerk Transportarbeiter, machte in einer Brauerei Fässer sauber und fühlte mich sehr erniedrigt. Andererseits war da das Hochgefühl beim Schreiben, und mein Phantasiepotential und damit meine Vorstellungswelt blieben von dem, was ich täglich erlebte, unberührt.

Der Roman war ein Produkt jugendlichen Größenwahns. Das konnte auch gar nicht anders sein. Ich hatte zwar etwas von der Judenvernichtung gehört, aber mir waren weder die näheren Zusammenhänge noch der Ahasver-Topos bekannt. Was mich umtrieb, waren ein naiver moralischer Impuls, ein abstraktes soziales Gewissen und das Sendungsbewußtsein aus dem diffusen Verlangen nach Gerechtigkeit.

Dies waren allerdings Befindlichkeiten, die sich aus dem selbstgewählten Zwang zur Vereinzelung ergaben. Im Sportverein war ich ein Rabauke wie jeder andere gleichen Alters, und wir haben uns auf Wettkampfreisen übel aufgespielt. Ich war also kein Eigenbrötler oder jemand, der zum Außenseiter neigte. Freundschaften oder Kollektiverlebnisse hätte ich nicht entbehren können, und doch war der Drang zum Schreiben derart elementar, daß jeder andere Ehrgeiz, zum Beispiel der einer Ausbildungskarriere, keine Rolle spielte. Und hier sind wir am entscheidenden Punkt einer wirklichen Schriftstellerexistenz.

Ist der Schriftsteller nicht ein Triebtäter, der von der Welt, in der er sich befindet, abgelöst bleiben muß? Meine Autonomie ist meine Selbstbezogenheit, das heißt, ich schreibe nicht, um anderen zu gefallen oder berühmt zu werden oder Geld zu verdienen. Natürlich möchte man anerkannt werden, aber für mich sind die Gelegenheiten zum gesellschaftlichen Erfolg kein Kriterium. Ich will auch keine Welterfahrung vermitteln, wie dies etwa ein Reiseschriftsteller tut. Was mich umtreibt, ist die Selbstdarstellung, die aber, wie wir gesehen haben, aus der naiven Vorstellungswelt noch keine Substanz entwickeln kann. Überhaupt scheint mir wichtig, daß die Autonomieerfahrung, die der Schriftsteller als Kind und Jugendlicher macht, nicht als Mangel definiert werden darf und daß seine Weltabgelöstheit, auch nachdem er die tatsächliche Welt entdeckt hat, bestehen bleibt.

Ich sagte anfangs: Jeder von uns hat die Fähigkeit, jenen Wechsel von der tatsächlichen Welt in die Vorstellungswelt zu vollziehen. Fast jeder schreibt in seiner Kindheit und Jugend Gedichte, es kommt aber darauf an, ob er fähig oder unfähig ist, davon wieder zu lassen. Die meisten folgen früher oder später dem Realitätsprinzip. Der Schriftsteller aber wird seine Autonomieerfahrung nie wirklich los. Dies unterscheidet ihn zum Beispiel vom Wissenschaftler. Dem Wissenschaftler ist die Vorstellungswelt null und nichtig. Sein Erkenntnisbegehren gilt der tatsächlichen Welt. Der Schriftsteller erfaßt die tatsächliche Welt nur über den Umweg einer hinzugedichteten Metamorphose. Es ist immer das Erfundene, Ausgedachte, die poetische Metapher, genauer, das Brennglas des Subjektiven, das das Objektive mit aufscheinen läßt. Aber dies sind Vorgänge, die erst nach der Entdeckung der tatsächlichen Welt möglich werden. In der Kindheit und Jugend bleiben die Versuche zur Poesie von der tatsächlichen Welt im wesentlichen unberührt. Wie sehr aber die Vorstellungswelt des Kindes schon im Wahrheitsgrund des Existentiellen verankert ist, zeigt mir ein Erlebnis, das ich als Achtjähriger im Sommer 1945 hatte.

Nach der mißglückten Flucht wurde ich mit meiner Mutter zivilinterniert, und zuletzt lebten wir in einem Lager mit Schwarzmeerdeutschen zusammen. Die Zustände waren sicher katastrophal, aber solange ich meine Mutter in der Nähe hatte, kam mir alles wie ein Abenteuer vor.

Eines Morgens mußte sie in die nächste Kreisstadt zu einem Arzt fahren und versprach, vor Einbruch der Dunkelheit zurückzusein. Als es soweit war, stand ich vor dem Tor aus Stacheldraht und wartete. Es wurde dunkel, und meine Mutter war immer noch nicht da. Das machte mir angst, aber darüber hinaus stellte sich etwas ein, das meine verständliche Unruhe weit übertraf und das ich damals nicht hätte benennen können. Ich erinnere mich genau, wie rasch mir alles, was ich vor Augen hatte, zu entgleiten schien. Der Himmel, das Tor und die Straße, das Lager, das ich in meinem Rücken hatte. Heute würde ich sagen: Es war ein Gefühl von Ungesichertheit, ja Unbehaustheit, eine Erfahrung, die ich später bei Heidegger als Existentialprämisse wiederfand. Ich fühlte mich sozusagen »primär ungestützt«, und dieser Prämisse könnte man noch weitere Sätze von Heidegger hinzufügen, etwa: »In der Unheimlichkeit steht das Dasein ursprünglich mit sich selbst zusammen.« Das klingt verschroben und realitätsfern, trifft aber im Begrifflichen sehr genau jenen Zustand, den ich als Kind erfahren habe, und dies scheint mir auch ein Beweis dafür, daß Kindheit und Erwachsensein ein und denselben Wahrheitsgrund haben. Dies wurde mir allerdings erst bewußt, nachdem ich die tatsächliche Welt entdeckt und von dieser Entdeckung wieder losgelassen hatte.

1957 bewarb ich mich mit dem Romanfragment *Der ewige Jude* für ein Dramaturgiestudium an der Filmhochschule in Potsdam-Babelsberg. Ich wurde immatrikuliert und einem Seminar zugewiesen, in dem das Verfassen von Drehbüchern gelehrt wurde. Damit endete meine Autonomieerfahrung, und das Schreiben wurde für mich zur öffentlichen Angelegenheit.

Ich war immerhin zwanzig Jahre alt, und diese Immatrikulation wurde wieder nur möglich, weil für die Kulturpolitik der SED der übliche Bildungsweg nicht obligatorisch war. Ich hatte kein Abitur, meine Mitbewerber waren mir allesamt an Bildung überlegen, und ich erinnere mich genau, wie ich unter Minderwertigkeitskomplexen litt, als mir dies klar wurde. Wir warteten in einem Zimmer auf die Eignungsprüfung, die jeder einzelne zu absolvieren hatte, und ich war sicher, daß ich chancenlos war, zumal nur einer von den Bewerbern angenommen werden sollte. Und nun geschah etwas, das nicht nur für meine schriftstellerische Entwicklung, sondern auch für meine Psyche entscheidend war. Irgendwann öffnete sich die Tür, jemand rief meinen Namen, und sofort wurde klar, daß ich als einziger favorisiert war. Man gab mir eine kurze Erzählung zu lesen, und ich mußte vor einer Kommission aus dem Stegreif die Ideenskizze zu einem Drehbuch entwickeln. Vor allem interessierte man sich für meinen Lebenslauf, und der war im Sinne der permanenten Kulturrevolution mustergültig. Daß ich bis zu diesem Tag in dem volkseigenen Betrieb »Faß und Bottich« als Hilfsarbeiter tätig gewesen war, war offenbar mehr wert als jedes Abitur.

Ich kam ins zweite Studienjahr, und wir bewohnten Einzelzimmer in requirierten Villen mit wunderbaren Parks. Potsdam-Babelsberg war die bevorzugte Wohnlage ehemaliger Ufa-Stars und reicher Fabrikanten, sehr schön in der Nähe der Havel gelegen. Hier hatte auch Stalin während der Potsdamer Verhandlungen gewohnt, und unsere täglichen Seminare fanden in seinen Konferenzräumen statt. Ich erwähne dies nur, weil die Entdeckung der tatsächlichen Welt für mich von Anfang an unter dem begrifflichen Raster der marxistischen Geschichtsphilosophie begann. Alles, was ich der Realität zurechnen durfte, war ab sofort historisch bedingt und politisch streng determiniert. Trotzdem muß ich sagen, daß ich hier wie Goethes Wilhelm Meister meine Turmgesellschaft gefunden hatte.

Wie bei Goethe das pantheistische Weltbild existentiell beruhigend wirkte, so konnte man sich auch dem dialektischen Materialismus, der alle Seinsfragen regelte, guten Gewissens anvertrauen, und daß die SED durchaus Ähnlichkeit mit einer Turmgesellschaft hatte, die den einzelnen, auch wo er sozial strauchelte, immer wieder auffing, um ihn auf den rechten Weg zurückzuführen, dies hatte ich mehrmals erfahren.

Hinzu kam: Die SED verstand sich, wie Goethes Turmgesellschaft, als Garant der Hegelschen Vernunft, hier war der einzelne sowieso dazu ausersehen, sich dem Weltgeist durch immerwährende Erkenntnis anzunähern. Es war die Idee vom wissenschaftlichen Sozialismus, die nachdrücklich und zuverlässig aus dem Hintergrund wirkte, und wer protegiert war und von den Verbrechen der stalinistischen Parteien noch nichts wußte, der konnte den Eindruck gewinnen, er befände sich trotz aller Parolen von Klassenkampf und Weltrevolution in der unwiderstehlichen Idylle des Weimarer Parks.

Entdeckung der tatsächlichen Welt. Das soziale Gewissen.

Die Entdeckung der tatsächlichen Welt begann für mich mit der Zerstörung der Vorstellungswelt, genauer: Die Vorstellungswelt wurde zur Metapher der erkannten Realität. Was wir an der Filmhochschule in Babelsberg zu absolvieren hatten, war immer nur ein Spiegelbild der gesellschaftlichen Verhältnisse. Ja man kann sagen, wir erlebten die Realität überhaupt nur als Reflex im Bereich des Ästhetischen. Von der Expropriation auf dem Lande erfuhr man entweder, indem man das einschlägige Parteiprogramm las, oder wir sahen im Vorführraum den zweiteiligen DEFA-Film *Schlösser und Katen.* Dieser Film hat mich sehr beeindruckt. Es war eine Kolportage, einzig zu dem Zweck hergestellt, das soziale Gewissen für die unteren Klassen zu mobilisieren, und so erlebten wir auch die revolutionären Vorgänge in Rußland in den genialen Surrogaten von Eisenstein und Pudowkin, Surrogat hier bezogen auf die Realitätserfahrung durch ästhetische Widerspiegelung. Habe ich überhaupt die tatsächliche Welt in ihrer Unvermitteltheit, das heißt, nicht als Produkt einer Simulation erfahren?

Dazu gab es selten Gelegenheit. Ich werde noch darauf zurückkommen. In den Seminaren jedenfalls wurde uns gesellschaftliche Realität als vorgegebene Tendenz vermittelt, das heißt, wie in Hegels Philosophie verlief die Geschichte nach einem teleologischen Prinzip, mit dem Unterschied: Hegel definiert dies als Selbsterkenntnis des absoluten Weltgeistes, nach Marx erkennt sich der Mensch in seinen Produktionsprozessen lediglich selbst. Aber das Schema wurde beibehalten. Nach Marx gibt es in der Geschichte des Menschen eine Tendenz zur Selbsterlösung, und es sind die Produktionsverhältnisse, die es auf vernünftige Weise zu regeln gilt. Es ist also eine Frage der Zeit, wann er fähig und willens wird, die klassenlose Gesellschaft zu errichten. Und wie Hegel den absoluten Weltgeist als Endpunkt seiner Erkenntniseschatologie feiert, so feiert der Marxismus die kommunistische Produktionsweise als letzte Bestimmung der menschlichen Vernunft.

Ich muß das hier so abstrakt sagen, weil die Entdeckung der tatsächlichen Welt für mich unter eben diesem abstrakten Raster geschah. Und wie bei Hegel nur das Vernünftige der Wirklichkeit zugerechnet werden durfte, so wurde bei Marx alles Geschichtliche einer Tendenz zum sozialen Gewissen untergeordnet, und ich stimmte dem begeistert zu. Ich war sicher, daß hier ein neues, ein gerechteres Zeitalter mit den Mitteln der Diktatur des Proletariats herbeigezwungen werden sollte und daß es darauf ankam, die gesellschaftliche Realität auf richtige, das heißt auf marxistische Weise zu deuten.

Aber auch der gesamte Existenzgrund des Menschen wurde streng weltanschaulich geregelt. Auch hier berief man sich auf Marx, der gefordert hatte, Hegels Philosophie zu entidealisieren, das heißt, die Dialektik wurde beibehalten, die Erkenntniseschatologie wurde vom Kopf auf die Füße gestellt. Die Einheit der Welt bestand in ihrer Materialität, und der Mensch, selber Materie, war lediglich in der Lage, diesen Sachverhalt richtig oder falsch widerzuspiegeln.

Und so war es auch das ständige Bemühen unserer Lehrer, uns auf die richtige Widerspiegelung der tatsächlichen Welt einzuschwören. Wir hatten ganz vorzügliche Literaturseminare, in denen uns bewiesen wurde, daß auch die Ästhetik in ihren historischen Modifikationen der marxistischen Theorie recht gab.

Alles war sozial und klassenkämpferisch bestimmt, und besonders an den Dramen Shakespeares konnte man die Gültigkeit der politischen Ökonomie von Marx nachweisen. Marx beschreibt in seiner Kapitalanalyse, wie das England der Renaissance das Phänomen der ursprünglichen Akkumulation erlebt, das heißt, die naturalwirtschaftlich bestimmte Produktionsweise wird plötzlich von einer bewußt herbeigeführten Monokultur überlagert: Die Feudalherren vertreiben die bäuerlichen Pächter, um in großem Umfang Schafzucht zu betreiben. Die gewonnene Wolle wird nach Flandern verschifft, wo Textilmanufakturen entstanden waren. Es war ein blutiger und plötzlicher Wechsel der Feudalwirtschaft zur Warenwirtschaft, der auch alle gewachsenen moralischen Bindungen zerstörte, und dies war zweifellos der gesellschaftspolitische Hintergrund, der in der Dramaturgie Shakespeares mit aufscheint. So wurde zum Beispiel König Lears Bewußtseinskrise als Folge einer neuen Interessenlage seiner Töchter Goneril und Regan gedeutet. Hier war nicht mehr Vasallentreue, sondern die Profitgier der Renaissance maßgebend, so wie in *Troilus und Cressida* alle Feudaltugenden durch Hinterlist und Verstellung ad absurdum geführt werden. Dies ist aber nur die halbe, sozusagen in die Objektivität verschobene Wahrheit. Was uns, und zwar mit Absicht, vorenthalten wurde, war die durch nichts zu determinierende Subjektivität der Shakespeareschen Figuren. Othellos Eifersucht beispielsweise wurde als Resultat einer Intrige aus dem Geiste der beginnenden Warenwirtschaft gedeutet. Aber Shakespeare blickt tiefer. Othello liebt seine Desdemona eifersuchtslos. Er ist außerstande, sich über jeden Verdacht, den Jago ihm eingegeben hat, Klarheit zu verschaffen. Ja er wünscht die Unklarheit, da er nun seine Zuneigung, die schon als Normalität sein Gemüt übererregt, bis zur Selbstzerstörung genießen kann. Und hier beginnt der freie Fall. Das stolze, starke Individuum wählt eher den Tod als die Ernüchterung. Ihm ist die vom Verdacht gereinigte Leidenschaft keine Leidenschaft mehr. Othello erhält sich die Liebe zu Desdemona, indem er die behauptete Treulosigkeit hinzuaddiert und die dadurch entstandene Unvereinbarkeit zum Exzeß steigert.

Eine solche Deutung aber hätte man niemals zugelassen. Überhaupt wurde alles, was der Wahrheit des Subjektiven angehört, als Ausdruck von Dekadenz gedeutet oder als Individualismus, den es zu bekämpfen galt. Die Autonomieerfahrung, die für mich als Kind und Jugendlicher selbstverständlich war, wurde nun zurückgedrängt und für unerheblich erklärt, und was mich als Subjekt fortan definierte, war die Fähigkeit, die tatsächliche Welt ins Begriffliche zu zwingen. Und so war auch das Schreiben nicht mehr eine Sache aus privater Befindlichkeit und Weltabgelöstheit, es war eine Sache des gesellschaftlichen Auftrags. Ich schrieb Drehbücher über Produktionsschlachten im Braunkohletagebau, meine Protagonisten waren Helden der Arbeit, und immer war es ein Bemühen, die gesellschaftlichen Veränderungen, die einem begrifflich nahegebracht worden waren, in ein poetisches Bild zu fassen. Dabei fühlte ich mich der politischen Avantgarde zugehörig und partizipierte an einer Weltanschauung, die zuversichtlich und überlegen stimmte, weil sie wissenschaftlich begründet und damit unangreifbar war. Ich empfand die Allmacht der Partei wie das sichernde und beruhigende Wirken einer Turmgesellschaft.

Der Rest war, was man so studentisches Leben nannte. Ich trieb mich in den Villen herum, in denen die Schauspielerfakultät untergebracht war, spielte nächtelang Skat, sah, wie im Mai die Parkbäume grün wurden, hörte die Nachtigallen, wurde zu Ernteeinsätzen abkommandiert, verhielt mich renitent, rief auch gelegentlich zum Ungehorsam auf, wurde gezwungen, alles vor einer studentischen Vollversammlung zu widerrufen, übte Kritik und Selbstkritik, absolvierte recht und schlecht Prüfungen, schrieb die letzte Semesterarbeit in einer Nacht, konnte sie am nächsten Tag nicht mehr entziffern, wurde von einer Kommission zur Rede gestellt, zeigte mich uneinsichtig und wurde relegiert. Dies war für mich ein Unglück, aber auch die erste Gelegenheit, die tatsächliche Welt unvermittelt zu erfahren. Um diesen Begriff nochmals zu präzisieren: Mit tatsächlicher Welt meine ich nicht die Realität, wie sie sich in ihrer einfachen Anschaulichkeit darstellt, sondern was sie in dieser Anschaulichkeit für mich bedeutet. Insofern war das Erleben der tatsächlichen Welt immer schon mit einem subjektiven Interesse affiziert.

Für den Familienvater war die Handlangerarbeit, die ich mit ihm teilte, ein Mittel, um Frau und Kinder zu ernähren, für mich war sie gleichzeitig eine Bestätigung der Kapitalanalyse von Marx.

Ich sollte mich für einige Zeit als Landarbeiter bewähren,

zog es aber vor, im Braunkohletagebau bei Senftenberg zu arbeiten. Wir mußten ständig Gleise verlegen und wohnten in Baracken. Es war eine Knochenarbeit, und nach Feierabend schrieb ich an meinem ersten Theaterstück *Senftenberger Erzählungen:* Hier war schon ein Stilwille erkennbar, der aber noch epigonal wirkte. Wir unterlagen alle mehr oder weniger dem Einfluß von Brecht, dessen Theaterinszenierungen am Berliner Ensemble als ästhetische Avantgarde galten.

Für eine naive Vorstellungswelt ist der Stilwille noch kein Problem. Als Zwölfjähriger schreibt man irgendwie einer Empfindung nach, und es war lediglich der Reim, der mir als Nachweis von Kunst wichtig erschien. Später, als Zwanzigjähriger, ahmte ich den poetischen Habitus von Vorbildern nach, da gab es eine kurze Periode, in der ich wie Gogol schrieb, dann wie Dostojewski, aber Brecht war schließlich der modernere Autor, der auch schon mustergültig die marxistische Tendenzvorgabe in seine Ästhetik mit einbezog. Hier wurden die gesellschaftlichen Grundwidersprüche in ein poetisches Bild gezwungen, und die Charaktere hatten sich einer Parabel unterzuordnen. So versuchte ich auch in den *Senftenberger Erzählungen* den Klassenkampf kurz nach dem zweiten Weltkrieg als Anderthalb-Stunden-Dramaturgie aufscheinen zu lassen, das heißt, zunächst hatte ich eine geschichtsphilosophische Idee, die es dann zu illustrieren galt. Der konkrete Handlungsablauf und die Protagonisten wurden dieser Absicht untergeordnet, und doch waren es Figuren, die ich während der Gleisarbeiten und nach Feierabend kennengelernt hatte. Aber ihre Subjektivität blieb allegorisch, eine ästhetische Regel, die wir von Hegel und den Weimarer Klassikern übernommen hatten. Subjektivität an sich galt als substanzlos, und alles Private, jenes, das meine naive Vorstellungswelt beherrscht hatte, schien mir jetzt für die Kunst unerheblich. Ich schickte ein Manuskript der *Senftenberger Erzählungen* ans Deutsche Theater, und Wolfgang Langhoff, der damalige Intendant, reagierte prompt. Er fand alles sehr begabt und reichte es an seinen Berater Peter Hacks weiter. Damit öffneten sich für mich die Türen zur literarischen Elite.

Es war eine Elite, die von der Partei argwöhnisch beobachtet wurde und die sich der offiziösen Kulturpolitik entzog, indem sie formal eigene Wege ging. So propagierte Hacks die große Form, indem er in seinen Dramen den Blankvers wieder einführte. Die Parabeltechnik von Brecht galt als nachahmenswert, und Hacks versuchte nach dessen Tod die Weimarer Klassik wiederzubeleben. So gab es in der damaligen DDR zwei Arten von Literatur: jene, die aus geschichtsphilosophischer Ambition entstand, und jene, die am Johannes-R.-Becher-Institut in Leipzig gelehrt wurde und die den kulturpolitischen Vorgaben der Partei entsprach. Beide Arten von Literatur unterschieden sich nur in ihrem Niveaugefälle. Inhaltlich wollten sie ein und dasselbe: die Soziallehre von Marx, Engels, Lenin, Stalin poetisch legitimieren.

Die *Senftenberger Erzählungen* wurden nicht gespielt, aber zum Teil in einer Theaterzeitschrift abgedruckt. Ich bekam ein monatliches Salär als Dramaturg am Deutschen Theater und hatte nun Zeit, das nächste Stück zu schreiben. Auch hier war der Einfluß von Brecht entscheidend. Brechts Großgrundbesitzer Puntila im Kopf, entwarf ich eine ähnliche Figur, änderte aber die gesellschaftlichen Bedingungen: wo Puntila die gewaltsame Expropriation herausfordert, trennt sich Marski freiwillig und aus Einsicht von seinem Eigentum, und mit dieser utopischen und menschenfreundlichen Variante machte ich mich kulturpolitisch verdächtig.

Obwohl die herrschende Partei sich propagandistisch auf den Marxismus berief, war sie in Wirklichkeit theoriefeindlich. Kaum jemand im Politbüro war fähig, Marx oder Hegel im Original zu lesen, und auch auf den Hochschulen und Universitäten wurde die Soziallehre von Marx in populärwissenschaftlichen Kompendien verbreitet. Alles andere war ununterbrochene ideologische Überzeugungsarbeit und ein immerwährendes Mißtrauen, daß man die vorgeschriebenen Denkschablonen durchbrechen könnte.

Wie primitiv das Verständnis von Literatur in den niederen und mittleren Kommandozentralen war, zeigte mir eine Zusammenkunft mit Kulturfunktionären, zu der man mich bestellt hatte. Irgend jemand hatte das Manuskript meines Stücks *Marski* auf den Knien und blätterte darin herum. Er fragte den Chefdramaturgen des Deutschen Theaters, warum man vorhätte, das Stück zu spielen. Weil es besonders realistisch sei, antwortete der Dramaturg. Das wurde angezweifelt, und nun begann ein Verhör, das mir beweisen sollte, daß das Stück alles andere als realistisch sei.

»Das Stück spielt auf dem Lande?«

»Ja.«

»Waren Sie schon einmal auf dem Lande?«

»Ja.«

»Haben Sie einen Bauern sprechen hören?«

»Ja.«

»Sprach er in Versen?«

»Nein.«

»Na also.«

Damit war die Realismusdebatte beendet. Mir wurde rasch klar, daß ich als Schriftsteller auch in der Halblegalität, in der sich die vorhin erwähnte Elite eingerichtet hatte, auf Dauer chancenlos war. Hinzu kam: Der XX. Parteitag der KPdSU enthüllte die Verbrechen Stalins. Ich begann Isaac Deutscher zu lesen, der kritische Biographien über Stalin und Trotzki geschrieben hatte, die Bücher waren verboten. Ich erinnere mich, wie schockierend die Lektüre auf mich wirkte und wie ich mich, sicher aus übertriebener Vorsicht, im Wald versteckte, um in den Büchern ungestört zu lesen. Diese Lektüre zerstörte meinen intellektuellen Lebensentwurf, aber das wurde mir später erst bewußt, und noch viel später zeigte es sich, wieviel Kraft die Bewältigung dieser Enttäuschung gekostet hatte. Die Vertrautheit mit den gesellschaftlichen Zuständen in der DDR verwandelte sich ins Bedrohliche. Ich erfuhr, daß die sozialpolitischen Ambitionen der marxistischen Parteien von persönlichen Machtkämpfen überlagert waren, ja daß sich die Geschichte der KPdSU seit Lenins Tod wie die Geschichte eines Verbrechersyndikats las. Es waren Verwicklungen, wie man sie aus den blutigen Königsdramen von Shakespeare kannte, und ich begann sofort ein Stalin-Trotzki-Drama in Anlehnung an *Richard III.* zu schreiben, ein Versuch, der nach wenigen Seiten mißlang. Aber ich wundere mich noch heute darüber, wie schnell ich mit dem stalinistischen System brach und daß mein affirmatives Verhalten schon nach dem *Marski* beendet war.

Chrustschows Enthüllungen wurden allgemein diskutiert, änderten aber nichts am stalinistischen Charakter der politischen Verhältnisse, und ich schrieb in aller Heimlichkeit eine radikale Abrechnung: den *Hundsprozeß*. Das Stück, das sich auf die Moskauer Prozesse der dreißiger Jahre, aber auch auf die Schauprozesse nach 1945 gegen Slansky und andere bezog, geriet derart parteifeindlich, daß ich nicht wagte, es jemandem zu zeigen. Schwierig für mich war auch der jäh einsetzende Optimismus. Die literarische Elite war davon überzeugt, daß nun, nach Chrustschows Enthüllungen, der »wahre«, der »humane« Sozialismus verwirklicht werden würde, so wie er in den *Pariser Manuskripten* von Marx vorformuliert war. Ich blieb skeptisch.

Eines Tages, die Komödie *Marski* war immer noch nicht uraufgeführt, lag aber als Buch in der Edition Suhrkamp vor, klingelte es an meiner Wohnungstür. Ein Beamter der Staatssicherheit stellte sich mit dem Namen Totenhaupt vor. Offenbar wollte man mich einschüchtern, man sah es ungern, daß DDR-Schriftsteller in Westdeutschland veröffentlichten. Die Begegnung war nicht unkomisch, da der Stasi-Beamte seine Absicht zu verschleiern suchte. Aber nach der zweiten Begegnung forderte er mich unverblümt auf, freier Mitarbeiter des MfS zu werden. Ich lehnte ab, und das schien auch weiter kein Problem zu sein. Sechs Wochen später wurde ich republikflüchtig, das heißt, ich hatte die DDR illegal verlassen.

Mir ist dieser plötzliche Entschluß heute noch rätselhaft. Ich war Marxist, die Hegelsche Dialektik war für mich, nachdem ich die *Logik* und die *Phänomenologie des Geistes* gelesen hatte, die einzig gültige Erkenntnistheorie. Ich wurde nicht verfolgt, meine Freunde waren sicher, daß jetzt die Zeit des politischen Tauwetters unumkehrbar geworden war, und die sogenannte Republikflucht widersprach dem sozialen Gewissen: Man verließ die DDR nicht. Dies galt auch als Verrat an jenen, die versuchten, das System zu reformieren.

Aber mein Individualismus war offenbar stärker als aller Enthusiasmus, den ich der marxistischen Weltanschauung entgegenbrachte. Als Individualist reagierte ich instinktiv, als Schriftsteller nahm ich die tatsächliche Welt, wie in den Zeiten an der Filmhochschule, immer noch über die Verformung durch Simulation auf. Das heißt, die Welt wurde für mich erst sichtbar, nachdem ich sie im Begrifflichen hatte verschwinden lassen.

Das poetische Mittel dieser Simulation war eine Art Sklavensprache. Hacks, aber auch Heiner Müller griffen auf literarische Vorlagen der griechischen Mythologie zurück, um ihre geschichtsphilosophischen Ambitionen der Zensur zu entziehen, und man hoffte darauf, daß es möglich sein würde, das stalinistische System in einen aufgeklärten Absolutismus zu verwandeln. Man suchte nach Analogien zu Voltaire, Lessing, Goethe, aber auch zum augusteischen Zeitalter. So empfahl mir Heiner Müller, eine Ode auf die Allmacht der Partei zu versuchen, und bezog sich dabei auf Horaz, der sich schließlich auch nicht gescheut hätte, Oktavian zu verherrlichen. Der Demokratiegedanke wurde allgemein verachtet, ein Ressentiment, das ich noch lange teilte. Ich lebte jetzt in Westberlin, aber die Flucht hatte an meiner Weltanschauung nichts geändert. Ich war nach wie vor davon überzeugt, daß Hegels Totalitätsbegriff, den er ausdrücklich auch für das Drama geltend macht, unabdingbar blieb und daß die gesellschaftlichen Verhältnisse in Westeuropa kunstunfähig genannt werden mußten. Da ich den westdeutschen Kulturbetrieb ablehnte, fühlte ich mich wie ein Schriftsteller im Exil und schrieb weiterhin Dramen, die sich mit Problemen des real existierenden Sozialismus befaßten.

Meine Situation war nicht unkomisch. Ich schrieb geschichtsphilosophische Dramen, ebenfalls in einer Sklavensprache, als wäre ich immer noch in der DDR. Das SED-Regime behandelte mich wie einen Renegaten, das heißt, ich wurde verboten und verschwiegen, und je länger dies dauerte, desto hartnäckiger wehrte ich mich gegen den westdeutschen Kulturbetrieb, der mich immerhin zur Kenntnis nahm, wenn auch mit großem Unverständnis.

Fürs erste schien es mir nötig, den *Hundsprozeß* durch den Einakter *Herakles* zu ergänzen, um die Stalinmetapher historisch aufzuwerten. *Die Ermordung des Aias* war dann nochmals ein Versuch, die blutigen Säuberungen innerhalb der KPdSU in ein poetisches Bild zu zwingen. Das Vorhaben durfte aber nicht zum allegorischen Vexierbild verkommen, und so bedeutet das Drama letztlich mehr als sein Anlaß. Ich würde dieses Stück auch heute noch, neben Müllers *Philoktet,* zu den gelungenen Beispielen einer DDR-Ästhetik rechnen, die aus dem Willen zur großen Form entstand. Meine Zuversicht, mich damit auch zur Avantgarde des sozialistischen Dramas rechnen zu dürfen, war ungebrochen. Aber bald schon stellten sich Irritationen ein.

So erinnere ich mich genau an ein Gastspiel des Piccolo-Theaters an der Westberliner Volksbühne. Man zeigte Pirandellos *Die Riesen vom Berge* in einer Inszenierung von Strehler, und dies wirkte auf mich, obwohl mir Pirandellos Ästhetik fremd war, wie eine Offenbarung. Hier war Kunst nicht Widerspiegelung gesellschaftlicher Verhältnisse, sondern Ausdruck subjektiver Befindlichkeiten. Hier wurde der einzelne nicht von Sozialdeterminaten bestimmt, sondern von seiner privaten Leidenschaft. Und der Wahrheitsgrund des Menschen überschritt die Grenze zur Transzendenz. Was ich dort sah, galt dem marxistischen Rationalismus als dekadent, schlimmer noch, als metaphysischer Humbug. Die Schranke zwischen Leben und Tod war niedergerissen, und daß eine Theatertruppe nicht etwa aus sozialem Gewissen, sondern aus Liebe zur Kunst umgetrieben wird, dies galt als unsinniges L'art pour l'art. Es war genau jene Ästhetik, die uns an der Filmhochschule als Irrweg des Subjektivismus ausgeredet, besser, vorenthalten worden war. Bei Pirandello war die Vorstellungswelt eben nicht nur Metapher der erkannten Realität. Strehlers Inszenierung hatte für mich zunächst keine Konsequenzen, aber die Prämissen meiner Poetik begannen sich zu ändern.

Staschek oder das Leben des Ovid dokumentiert das erste Mal meine eigene Befindlichkeit und die Tatsache, daß ich, zehn Jahre nach dem Verlassen der DDR, als Schriftsteller immer noch heimatlos war.

Mit dem Dialog *Vom Werden der Vernunft oder Auf der Durchreise nach Petersburg* wollte ich eine Apologie der Hegelschen Erkenntnistheorie schreiben, mußte aber feststellen, daß dabei, sozusagen unter der Hand, das Gegenteil entstanden war. Hier widerlegt ein Irrationalist einen Rationalisten, indem er jenen Selbstmord begeht, den er sich eben noch mit vernünftigen Argumenten hatte ausreden lassen. Die zweite Irritation, an die ich mich erinnere, hatte Konsequenzen. Mein Stück *Trotzki in Coyoacan* wurde als Fernsehinszenierung vorbereitet, und man wollte im Anschluß eine Diskussion über den politischen Hintergrund senden. Ernest Mandel, der Leiter der trotzkistischen Vierten Internationale, Eugen Kogon und ich saßen vor der Kamera, das Licht wurde eingerichtet, man besprach Details, und plötzlich überkam mich ein Gefühl von Gleichgültigkeit. Ich spürte mit Erstaunen, daß mich der Sachverhalt, über den wir diskutieren sollten und der meine Realitätserfahrung als Schriftsteller bis zu jenem Augenblick wesentlich bestimmt hatte, nicht mehr interessierte. Ein, zwei Jahre versuchte ich noch, an der Poetik, die sich auf Hegel und den Marxismus berief, festzuhalten. Ich schrieb an zwei Dramen, es waren Shakespeare-Adaptionen, die die Kulturrevolution der DDR zum Thema hatten, aber eines Morgens brach ich die Arbeit ab. Die Entdeckung der tatsächlichen Welt, die mit der Zerstörung meiner naiven Vorstellungswelt begann und letztlich immer nur ein Spiegelbild meiner geschichtsphilosophischen Ambitionen war, hatte sich verbraucht. Irgendwie wurde mir klar, daß es Simulationen waren, mit denen ich mich beschäftigte. Mein Subjekt wurde mit Bildern der Außenwelt ausgefüllt, die ich begrifflich ordnete. Dies war sozusagen meine ganze Welt- und Subjekterfahrung. Ohne diesen Hegelschen Mechanismus, das heißt, ohne daß mir ständig Anschauungsmaterial zu dem Zweck der Begriffsbildung zugeführt wurde, ohne diese schematische Subjekt-Objekt-Beziehung würde mein Subjekt unausgefüllt bleiben. Und was machst du dann? dachte ich. Diese Frage, die ich der Einfachheit halber mein Pascalsches Erschrecken nennen möchte, wurde ich nicht mehr los. Ich hatte eine Grenze überschritten, die zur Entdeckung meines Selbst führte, und daß diese Entdeckung keine persönliche Marotte war, erfuhr ich, als ich mich endlich mit Seinsinterpretationen beschäftigte, die man uns an der Filmhochschule vorenthalten hatte.

Die Entdeckung des Selbst. Das Pascalsche Erschrecken.

Die Entdeckung des Selbst ist ohne Schmerzen nicht zu haben. Hier bricht jene Gewißheit zusammen, die wir aus der Simulation des Begrifflichen gewinnen, und nun wird das Subjekt plötzlich auf sich selbst verwiesen. Wir kennen dieses Phänomen aus der Wissenschaft. Bertrand Russell gestand 1931 ein, daß er als Physiker immer nur auf der Suche nach Gott war, und er meinte mit Gott den letzten, mit den Mitteln naturwissenschaftlicher Logik aufspürbaren Wahrheitsgrund des Menschen.

Etwa dreihundert Jahre früher schrieb Blaise Pascal, nachdem er jahrelang intensiv mathematische und naturwissenschaftliche Studien betrieben hatte: »Bedenke ich die kurze Dauer meines Lebens, aufgezehrt von der Ewigkeit vorher und nachher; bedenke ich das bißchen Raum, den ich einnehme, und selbst den, den ich sehe, verschlungen von der unendlichen Weite der Räume, von denen ich nichts weiß und die von mir nichts wissen, dann erschaudre ich und staune, daß ich hier und nicht dort bin; keinen Grund gibt es, weshalb ich gerade hier und nicht dort bin, weshalb jetzt und nicht dann. Wer hat mich hier eingesetzt? Durch wessen Anordnung und Verfügung ist mir dieser Ort und diese Stunde bestimmt worden? (...) Denn was ist zum Schluß der Mensch in der Natur? Ein Nichts vor dem Unendlichen, ein All gegenüber dem Nichts, eine Mitte zwischen Nichts und All. Unendlich entfernt von dem Begreifen der äußersten Grenzen, sind ihm das Ende aller Dinge und ihre Gründe undurchdringlich verborgen, unlösbares Geheimnis; er ist gleich unfähig, das Nichts zu fassen, aus dem er gehoben, wie das Unendliche, das ihn verschlingt. Was also wird er tun, wenn er nichts anderes erkennt als in etwas den Anschein von der Mitte der Dinge, weil er weder ihren Grund noch ihr Ende erkennt? Alle Dinge entwachsen dem Nichts und ragen bis in das Unendliche. Wer kann diese erschreckenden Schritte mitgehen?«[1]

1926 erschien Heideggers *Sein und Zeit,* und auch hier, in dieser Bibel der Existenzphilosophie, wird der Mensch aus dem Phänomen seiner Vereinzelung definiert. Der Philosophie Hegels, in der das Subjekt im wesentlichen Erkennen des Objektiven ist, wird hier die Autonomie des Selbst entgegengehalten, und zwar mit allen Konsequenzen. Vor der Entdeckung des Selbst versagt jedes Erkenntnisinteresse, und so findet Pascal keinen anderen Ausweg, als vor der erkannten Welt in die Vorstellungswelt des Christentums zu fliehen. Russell gelingt dies nicht, er findet überhaupt keine Antwort auf die Entdeckung seiner absoluten Vereinzelung, und für Heidegger ist das Erschrecken vor der grundlosen Geworfenheit seiner Existenz eine Schuld, die es durch Sinngebung abzuarbeiten gilt.

Nun kommt natürlich nicht jeder in die Verlegenheit, sich selbst in einer derart radikalen Autonomie zu entdecken, und Heidegger sagt ausdrücklich: Das durchschnittliche Verhalten des Menschen ist durch die vorgegebenen gesellschaftlichen Normen bestimmt. Das Miteinander verdeckt den Blick auf die Tatsache, daß wir immer nur einzelne sind, deren Sein wesentlich Sein zum Tode ist, und hierauf genau bezieht sich das Pascalsche Erschrecken. Plötzlich werden einem die Dinge und Wahrheiten, von denen man bisher umgetrieben wurde, schal, und man begreift, daß man darin verwickelt ist, aber existentiell gesprochen nichts mit ihnen zu tun hat.

Den ersten Vorschein eines solchen Gefühls hatte ich, wie erwähnt, bei der Diskussion mit Mandel und Kogon in Brüssel. Mein Erkenntnisinteresse nahm merklich ab, und die eingeübte Gewohnheit, der tatsächlichen Welt wie einem spannenden Abenteuer zuzusehen, begann mich zu langweilen. Ich entdeckte den psychologischen Realismus von Čechov und Ibsen. Früher hielten wir diesen für Episodendramaturgie, die unerheblich war, weil sie die Forderung nach geschichtsphilosophischer Totalität nicht erfüllte. Jetzt, wo das Pascalsche Erschrecken bei mir zu wirken begann, suchte ich nach Landschaften, in denen das Subjekt vor allem mit sich selbst verwickelt war. Hatte ich dem Bewußtsein bei der Entdeckung der tatsächlichen Welt bis zur Erkenntniseschatologie zugestimmt, so schien es mir jetzt ein Verhängnis. Ich notierte Sätze, über die ich früher gelächelt hätte. Hier ein Beispiel: »Vor ein paar Tagen unterhielt ich mich mit einem Bekannten über das Phänomen der existentiellen Angst. Wir waren uns einig darüber, daß das Ungesicherte, die nie endende Irritation, das Gefühl, ins Bodenlose fallen zu müssen, vorherrschendes Merkmal dieser Angst ist. Hier ist die Angst nicht wie bei Freud jenes Äquivalent, das durch Verweigerung von Befriedigung und Ersatzbefriedigung entsteht, es ist die Bewußtwerdung des Existentiellen. Wir wissen nun, daß wir etwas sind, wovon wir nichts wissen können, sind aber außerstande, dieses Wissen wieder rückgängig zu machen. Es ist das Wissen um die absolute Individualität und die Irritation darüber, daß sie in einem selbst, durch welche Macht auch immer, inkarniert wurde. Es ist das Gefühl zu sein, aber in allem Seienden nur als ausgeschlossene Einzelheit teilzunehmen. Dies scheint mir der Grund jeder Philosophie zu sein: Die unglückliche, sich ausgeschlossen fühlende Einzelheit will ihre Erlösung, indem sie sich durch Transzendenz ausweitet.«

Existentielle Angst erlebte ich das erste Mal bewußt, als ich mich entschloß, LSD auszuprobieren. Wir hatten einen Freund, der regelmäßig Drogen nahm, und er versicherte, man könne den LSD-Rausch mit einem starken Willen erträglich halten. Das traute ich mir zu. Wir nahmen jeder eine Tablette, und die Folgen waren fürchterlich. Ich hatte einen Horrortrip: Wir versuchten unsere Haustür zu erreichen, ich sah einen Mann mit einem Schäferhund, es gelang mir nicht, an dem Hund vorbeizukommen. Ich versuchte es immer und immer wieder, und nun kam ich von der Einbildung nicht los, daß sich diese vergeblichen Versuche bis in alle Ewigkeit fortsetzen würden und daß dies überhaupt nur eine wahnhafte Vorstellung sei, in Wirklichkeit hätten wir das Zimmer, in dem wir das LSD eingenommen hatten, nie verlassen. Dieser Angst konnte ich mit keinen rationalen Gründen beikommen, es war mir aber auch nicht möglich, mich dem Rausch einfach hinzugeben.

Eine solch unerlöste Angsterfahrung schreibt Heidegger auch dem klaren Bewußtsein zu. Ich zitiere aus *Sein und Zeit:* »Das Wovor der Angst ist völlig unbestimmt. Diese Unbestimmtheit läßt nicht nur faktisch unentschieden, welches innerweltliche Seiende droht, sondern besagt, daß überhaupt das innerweltliche Seiende nicht relevant ist. Nichts von dem, was innerhalb der Welt zuhanden und vorhanden ist, fungiert als das, wovor die Angst sich ängstet. Die innerweltlich entdeckte Bewandtnisganzheit des Zuhandenen und Vorhandenen ist als solche überhaupt ohne Belang. Sie sinkt in sich zusammen. Die Welt hat den Charakter völliger Unbedeutsamkeit. In der Angst begegnet nicht dieses oder jenes, mit dem es als Bedrohlichem eine Bewandtnis haben könnte. Daher ›sieht‹ die Angst auch nicht ein bestimmtes ›Hier und Dort‹, aus dem her sich das Bedrohliche nähert. Daß das Bedrohliche nirgends ist, charakterisiert das Wovor der Angst. Diese ›weiß nicht‹, was es ist, davor sie sich ängstet.«[2]

Das Bewußtsein, dem das Erkenntnisinteresse an der tatsächlichen Welt verlorengegangen ist, versucht die Angst vor dem Nichts durch einen Transzendenzentwurf zu überwinden. Dies genau war die gedankliche Not, die mich veranlaßt hat, *Die Selbstverbrennung* zu schreiben. Daß das Transzendenzbegehren hier in einem christlichen Milieu angesiedelt wurde, ist zweitrangig. Wichtig ist: Ich wollte als Schriftsteller mein Pascalsches Erschrecken formulieren, und mir schien die Selbstverbrennung eines Pfarrers nicht nur aus politischen Gründen interessant. Pfarrer Koldehoff leidet unter einer zweifachen Verneinung: Er verneint das Bewußtsein, da es ihm die Sinnlosigkeit seiner Existenz vor Augen führt, und er verneint sein Bemühen um Transzendenz, genauer: Es ist ihm nicht möglich, an Gott zu glauben.

Dies war auch meine Situation. Es war eine Mitte aus nihilistischer Verzweiflung und dem Versuch, ein Transzendenzbedürfnis zu formulieren. Es war ein vergebliches Bemühen, deshalb mußte ich die Arbeit an dem Roman abbrechen. Es war mir nicht möglich, den Nihilismus, der, wie ich bald merkte, mein neuer Wahrheitsgrund war, in seiner radikalen Schärfe auszuhalten.

Einige Jahre war ich arbeitsunfähig, und die Gründe hierzu lagen sicher nicht nur an meiner Orientierungskrise. Irgendwann hat man sich an den Unvereinbarkeiten seiner Existenz abgearbeitet, und immer ist es der Einbruch des Unerwarteten, der den Zwang zum Realitätsprinzip neu mobilisiert, und solange dieser Zwang andauert, glaubt man, jeder Enttäuschung gewachsen zu sein. Da ich die Bedingungen des westdeutschen Kulturbetriebs nicht akzeptierte, erlebte ich die neugewonnene Freiheit ganz so, wie Buñuel sie in seinem berühmten Film beschreibt, nämlich als zynisches Gespenst. Ich versuchte einem mir feindlich gesinnten Feuilleton durch Aggressivität zuvorzukommen. Es war ein törichtes und ein vergebliches Bemühen, und ich konnte für die Ermüdung, die mich erfaßt hatte, letztendlich keine Gründe mehr geltend machen. Meine Freude am Rationalismus war verschwunden, es gelang mir aber auch nicht, in den Irrationalismus zu flüchten, das heißt, ich hatte ausschließlich rationale Gründe, vom Rationalismus zu lassen, und befand mich nun in einer Quadratur des Kreises.

Normalerweise umschreibt man mit der Quadratur des Kreises einen logischen Widerspruch. Auf das konkrete Leben bezogen, würde dies bedeuten: Es ist ein Zustand von Absurdität, den man überwinden will. Das war auch mein ständiges Bemühen. Und erst als ich die Briefe Friedrich Nietzsches las, bekam ich eine Ahnung davon, daß das Leben tatsächlich eine Quadratur des Kreises genannt werden kann, und alle Sinngewißheit, die mir der Hegelianismus und der Marxismus vorgegaukelt hatten, gehörte offenbar der Wahnwelt des gesunden Menschenverstandes an. Es gibt kein Koordinatensystem, weder rational noch metaphysisch begründet, aus dem sich eine Sinngewißheit ablesen ließe.

In den Briefen Nietzsches begegnete mir zum ersten Mal die Willkür des Subjektiven. Hier wird jemand gnadenlos in seinem Selbst umgetrieben, und Nietzsches Versuch der Umwertung aller Werte bedeutet eben auch, daß sein Erkenntnisinteresse an der tatsächlichen Welt zusammengebrochen war. Nietzsche versucht die Welt aus der Willkür seines Subjekts neu zu erfinden. Sein einziger Transzendenzentwurf, die ewige Wiederkehr des Gleichen, machte mir angst, sein Biologismus und Rassismus der letzten Jahre widersprachen meinem sozialen Gewissen. Trotzdem gewann ich durch Nietzsche allmählich wieder Zuversicht, da mir hier eine Existenz aus dem Regellosen, aus dem Absurden, eben aus der Quadratur des Kreises gegeben schien. Nietzsche befand sich, das beweisen seine Briefe, existentiell gesprochen im freien Fall, er war aber unfähig, darin zur Ruhe zu kommen. Sein Denken war systemlos und glich einem Balanceakt ohne Seil, erst die Existenzphilosophie versuchte, diesen Zustand wieder in ein System einzupassen. Durch Nietzsche entdeckte ich, daß das soziale Gewissen nicht nur, wie Marx behauptete, klassenspezifisch ist. Nietzsche war amoralisch, und gerade dadurch fand ich zu einem umfassenden Moralbegriff, der nicht aus der Ideologie, sondern aus der Struktur des einzelnen zu gewinnen war. In Brechts Stücken ist die Fähigkeit zur Ethik selektiv verteilt, sie ist ein Produkt der Klassenzugehörigkeit. Puntila ist a priori böse, weil er ausbeutet, sein Knecht Matti a priori gut, weil er ausgebeutet wird, und so weiter. Daß der Mensch nicht nur sozial, sondern auch existentiell erlöst werden will, dies war für Brecht unvorstellbar, da er dem Menschen, im Gegensatz zu Čechov, keinen subjektiven Wahrheitsgrund zubilligt.

Vor dem subjektiven Wahrheitsgrund aber ist jeder einzelne gleich, auch wo er sich sozial und gesellschaftspolitisch von dem anderen unterscheidet. Er kann seine absolute Subjektivität nicht begründen. (»Das Ich ist das größte Geheimnis der Welt«, notierte Max Beckmann in seinem Tagebuch.) Er kann sich mit seinem Sein zum Tode nicht versöhnen. (»Die Natur ist mir eine Erklärung für mein Sterben schuldig«, schrieb Friedrich Hebbel.) Er kommt mit dem Problem des Älterwerdens nicht zurecht, überhaupt sind ihm die existentiellen Bedingungen seines Daseins ein Grund zur Irritation, und hieraus gewinnt der einzelne eine andere, eine umfassendere Art der Solidarität.

In der Entdeckung des Selbst gewinnt der einzelne die

Autonomie seiner Kindheit zurück, mit dem Unterschied: Wo das Kind Mühe hat, die tatsächliche Welt zu entdecken, hat das Selbst auf unglückliche Weise davon losgelassen. Wo die Naivität des Kindes noch den natürlichen Grund zu seiner Vorstellungswelt bildet, wird das auf sich selbst verwiesene Individuum gezwungen, sich eine neue, sekundäre Vorstellungswelt zu schaffen.

Das war bei mir ein schmerzhafter Prozeß, den ich mit Hilfe meiner Frau allmählich überwand. Unter einem Motto von Wittgenstein, nämlich: »Die Welt des Glücklichen ist eine andere als die des Unglücklichen«, schrieb ich vier kurze Novellen, um meinen seelischen Druck loszuwerden, und ich erinnere mich, wie es mich erleichterte, mich in den weltabgelösten Zustand des wahnsinnigen Nietzsche einzufühlen, denn ich konnte dabei meine eigene Befindlichkeit mit aufscheinen lassen. Es war eine Befindlichkeit aus dem Geiste des Nihilismus.

Ich hatte nach den Jahren der Erkenntnisseligkeit eine neue Vorstellungswelt gefunden, die allerdings noch keine Wiederentdeckung der tatsächlichen Welt bedeutete. Das kam später. Zunächst waren alle Bilder und Situationen nichts anderes als Metaphern für den Zustand meiner Weltabgelöstheit, und die Novelle *Über die Alpen* enthält schon alle seelischen Topographien meiner späteren Bücher: »Warum sind meine Wünsche immer nur auf das Leben gerichtet. Der Tod ist die Harmonie der Dinge«, heißt es da. Und: »Nietzsche sah einen See, schwarz, abgründig tief und fühlte, daß er sich auf einem Boot befand und wie dieses sich unter leichtem, angenehmem Schaukeln auf eine Mitte zubewegte, die von uralten Bäumen umstanden war. Vor ihm saß eine Gestalt, die mit sanften, aber nachdrücklichen Bewegungen ruderte, und er wunderte sich, daß er ihr Gesicht nicht sehen wollte, obwohl sie es ihm ständig zugewandt hielt. Als er sich der Mitte näherte, versuchte er, durch das dichte Geäst hindurch zu ergründen, wohin man ihn ruderte. Aber er sah nichts, und dies genügte ihm. Er berührte das Wasser, ließ es durch seine Finger gleiten, beugte sich über das leichte, ach allzuleichte Boot, das ihn davor bewahrte zu fallen, und wollte nichts weiter als diese Fahrt, auf ein Ziel zu, das es nicht gab, das aber auf geheimnisvolle Weise von Bäumen umstanden war.«[3]

Neuentdeckung der tatsächlichen Welt in der Vorstellungswelt. Soziales Gewissen und Transzendenzbedürfnis.

Mein Problem in den frühen achtziger Jahren war: Wie konnte ich jenem Gefühl des Auf-mich-selbst-Verwiesenseins und meiner Erfahrung, daß die Welt für mich keine Gelegenheit war, mich abzulenken, wie konnte ich diesem Sachverhalt etwas Positives abgewinnen. Wie konnte ich die tatsächliche Welt, von der ich losgelassen hatte, wieder in meine Vorstellungswelt zurückzwingen.

Zunächst machte ich die Erfahrung, daß sich das Koordinatensystem der tatsächlichen Welt, dem ich früher kritiklos gefolgt war, durch den subjektiven Blick verschob. Ich entdeckte, daß in der Struktur des Subjekts die Welt, die man in der Fata Morgana des Objektiven vergeblich sucht, längst vorhanden ist. Welt und Subjekt wurden für mich beim Schreiben ununterscheidbar, und jenseits dieser Ununterscheidbarkeit blieb ein unerkannter Horizont. Mit anderen Worten: Man kann die tatsächliche Welt gar nicht beschreiben, ohne sie subjektiv zu verformen. Auch die Wissenschaft kennt die Unschärferelation, die dadurch entsteht, daß Erkennen eine subjektive und eben keine objektive Eigenschaft ist.

Früher wäre es mir zum Beispiel nicht möglich gewesen, einen SS-Mann und eine ermordete Jüdin, also Täter und Opfer, als Liebespaar in ein poetisches Bild zu fassen.

Ich ging damals täglich in der Dunkelheit um den Grunewaldsee spazieren, die Wege waren vereist, ich hatte Mühe, die Balance zu halten, und alles, was ich vor Augen hatte, wirkte in dem aufsteigenden Nebel irgendwie unwirklich. Früher hätte ich einen solchen Eindruck für kunstunfähig gehalten, jetzt aber wünschte ich, darin zu verweilen, und es beruhigte mich, daß mir in meiner Vorstellung eine Grenzüberschreitung gelang: Ich stellte mir vor, daß ich in dieser unwirklichen Landschaft einem toten Liebespaar begegnen könnte, aber dies wäre nur das Sujet für eine Schauergeschichte gewesen. Der nächste und entscheidende Schritt war der Rückgriff auf meine Erfahrung mit der tatsächlichen Welt. Indem ich eine ermordete Jüdin Arm in Arm mit ihrem Mörder, einem hingerichteten SS-Mann, beschrieb, wurde die Unheimlichkeit der nächtlichen Szenerie am Grunewaldsee, die ja lediglich mein subjektiver Eindruck war, ins objektiv Belangvolle getrieben. Es war meine persönliche Sehnsucht nach Transzendenz, die dem Mord an einer Jüdin eine andere, ganz ungewöhnliche Perspektive gab. Und es war nicht ausschließlich die Realität, aus der ich den Stoff für meine Prosa bezog, vielmehr folgte ich meiner jeweiligen Stimmungslage:

»Wenn der Grunewaldsee zugefroren ist, das Wetter wechselt und ein warmer Regen auf die Eisfläche niederfällt, wenn aus dieser Berührung Nebel entsteht, dicht und träge liegt er da, als hätte er keine Kraft aufzufliegen, wenn dem Himmel der Mond fehlt und die Wege zwischen dem Erlengestrüpp vor Glätte und überflutender Nässe unpassierbar geworden sind, wenn dämmrige Nacht herrscht und niemand ist unterwegs, dann kann es vorkommen, daß eine tote Jüdin an das Ufer tritt und auf eine Wunde in ihrem Nacken zeigt. Unbeweglich mit ihrer Geste des Bedauerns steht sie da und sieht immer nur zur anderen Seite des Wassers, dorthin, wo eine sandige, baumlose Fläche steil ansteigt, wo Abfallkörbe, Bänke, Tische einen Badestrand andeuten und wo ihr Mörder wartet. Unübersehbar, wie beziehungslos zur Szenerie, die ihn umgibt, hebt er die Hand, als wollte er sie grüßen.«[4]

Meine Stimmungslage wirkte wie ein Kompaß, der auf das objektiv Belangvolle hinweist. Es war eine Sehnsucht, die Unvereinbarkeit alles Lebendigen in einem utopischen Raum rückgängig zu machen, gleichzeitig aber war ich von dieser Unvereinbarkeit fasziniert. Täter und Opfer waren für mich nicht zu trennen. Gut und Böse waren keine Begriffe mehr, die es aus moralischer Entrüstung zu sortieren galt.

In der Novelle *Das Konzert* versuchte ich das Schuld-Sühne-Problem auf ähnliche Weise abzuhandeln. Auch hier war es eine wichtige Erfahrung, meine Stimmungslage und nicht die Logik des Objektiven wirken zu lassen. Ich fühlte, während ich die Novelle schrieb, wie billig es gewesen wäre, die Mörder ethisch auszusondern, statt dessen partizipierte ich an ihrer Schuld bis zu jenem Zynismus, der mich an einer Figur wie Schulze-Bethmann faszinierte.

Es war die Faszination des Bösen, nicht nur das Mitleid mit den Opfern, die mich zur Grenzüberschreitung trieb. Denn die Verbrechen des Nationalsozialismus verweisen, jenseits aller ethischen Wertung, auf einen höheren Wahrheitsgrund. Sie sind, so scheint es mir jetzt, zivilisationsimmanent. Auch Heiner Müllers Aphorismus »Was spricht eigentlich gegen Auschwitz, wenn es machbar ist«, verweist darauf, daß jede sittliche Entrüstung über den Massenmord an den Juden zu kurz faßt und damit unrealistisch genannt werden muß.

Auch die Zivilisation des Bösen gehört zu dem oben erwähnten unerkannten Horizont, und doch gibt es immer wieder Versuche, eine Erklärung dafür zu finden. Für mich war die Erklärung Nietzsches einigermaßen plausibel. Für Nietzsche ist der Mensch ein nicht festgestelltes Tier, was heißen soll, er hat seine Instinktschiene verloren. Seine Triebhaftigkeit ist nicht zielgerichtet, sondern durch die Entwicklung des Intellekts ziellos geworden. Die Anstrengung zur Ethik, die dieser Ziellosigkeit einen Kompaß setzen will, ist nur ein Resultat des gleichen Intellekts, der die Ziellosigkeit herbeigeführt hat.

Die Forderung Hegels, das Sittliche möge durch Verinnerlichung zur eigentlichen Natur des Menschen werden, kann für Nietzsche nicht gelingen, weil der Intellekt zwischen dem Sittlichen und dem Sittenlosen wählen, ja dem Unsittlichen die Maske des Sittlichen aufsetzen kann. Wo der Intellekt dem Trieb kein Maß setzt, multipliziert er diesen ins Maßlose.

Dies betrifft die Verwicklung des Menschen mit seinen zivilisatorischen Bedingungen. Es gibt aber auch Bedingungen, die in der Sphäre des Privaten auf den einzelnen wirken und die Freud als »Psychopathologie des Alltagslebens« umschreibt. Auch hier überragt uns ein unerkannter Horizont wie eine Schattenlinie, mit dem Unterschied: Was uns ganz persönlich und scheinbar aus dem Banalen überfällt, darüber kann man nicht einmal reden. Dieser Sachverhalt begann mich immer stärker zu interessieren. Ich hatte während meiner langjährigen Krankheit die Erfahrung gemacht, daß es nicht nur die gesellschaftlich relevanten Dinge sind, von denen man umgetrieben wird, sondern da war auch etwas Grundloses, etwas, das ich nicht benennen und damit auch nicht begrifflich festmachen konnte. Es war eine Lebensdepression, die nicht durch irgendwelche Verdrängungen entstanden war und die also auch nicht wegtherapiert werden konnte. Und so erinnere ich mich, wie ich mit psychosomatischen Beschwerden durch die Stadt ging, immer wieder an Zäunen mit Vorgärten vorbei, wie ich Mühe hatte, die Knie zu heben, wie ich gegen Kreislaufschwäche ankämpfte, aber niemand konnte mir sagen, warum ich unter diesen Symptomen litt. Es war der Einbruch des Unerkennbaren, und erst als ich dies akzeptierte, ließen die Beschwerden allmählich nach. Gesellschaftlich relevanten Gefahren kann man zur Not ausweichen, die Gefahr aus dem Unerkennbaren kann man nur gelten lassen, eine Erfahrung, die mich veranlaßte, die Erzählung *Die Wattwanderung* zu schreiben.

Ich kannte einen Dramaturgen an der Berliner Schaubühne, der seine Bildung durch stundenlange Vorträge vermitteln konnte, und ich kannte flüchtig einen Buchhändler, der die Heinrich-Heine-Buchhandlung unter dem S-Bahn-Bogen am Bahnhof Zoo gemietet hatte. Dies waren sozusagen die ersten Bilder des Realen. Ich stellte mir jemanden vor, der fast alles, was an Literatur und Philosophie belangvoll war, gelesen hatte und der seine Bildung jahraus, jahrein seinen Kunden bei Kaffee und Kuchen auf geistreiche Weise zu vermitteln verstand. Wie würde ein solcher Mensch reagieren, wenn er mit etwas Unerklärlichem konfrontiert wird.

Der Buchhändler, dachte ich, müßte inmitten seiner klugen Ausführungen plötzlich einen banalen Wunsch äußern, der ihm selber unerklärlich ist. Er, der bei Regen nie auf die Straße tritt, ja der den Buchladen nur ungern verläßt, äußert plötzlich den Wunsch, eine Wattwanderung zu machen. Damit waren die ersten Zeilen der Erzählung konzipiert:

»Er fing wieder an zu rauchen und sprach des öfteren davon, daß er eine Wattwanderung machen wolle.

Eine Wattwanderung! ja, warst du jemals am Meer?

Nein, am Meer, versicherte der Buchhändler und lehnte sich lächelnd, fast als würde ihn die Frage amüsieren, in seinem Stuhl zurück, am Meer sei er allerdings nie gewesen.«

Mit dieser Situation hatte ich ein Perpetuum mobile gesetzt. In den Alltag des Buchhändlers tritt etwas Unerkanntes, dessen Nenner derart banal ausfällt, daß man den Eindruck gewinnt, es würde sich rasch wieder verflüchtigen. Das geschieht aber nicht. Wichtig war, daß ich mir von Anfang an mit dieser Idee ein erzählerisches Spannungsfeld gesetzt hatte, das über gute hundert Seiten hinweg zuverlässig hielt.

Jetzt tritt das Lustprinzip beim Schreiben hinzu. Wie kann man eine unmögliche Sache möglich machen? Wie kann man den unerkannten Horizont in einer genau beschriebenen Realität so lange wirken lassen, bis eben diese Realität langsam, aber sicher aus den Fugen geht?

Ich fahre seit Jahren in den Spandauer Forst, um dort spazierenzugehen, und am Spandauer Damm, nahe der Stadtautobahn, fiel mir regelmäßig die Kohlenhandlung ›Moser & Sohn‹ auf. Es war ein flaches Gebäude, der Hof voller Kohlehaufen, die Betonwand zur Autobahn wirkte wie eine Schlucht, für mich ein magischer Ort, und nun fand ich endlich Gelegenheit, diesen Eindruck in der *Wattwanderung* unterzubringen. Ich beschrieb diese Gegend bis ins kleinste Detail, so geht Völlenklee zum Beispiel über ein freies Feld in Richtung Siemensstadt, wobei sich ständig Kletten an seinen Hosenbeinen festhaken.

Als das alles beschrieben war, bemerkte ich, daß ich mich geirrt hatte. Da war kein freies Feld, sondern eine dichtbesiedelte Laubenkolonie, und zuerst dachte ich, ich müßte das Ganze umschreiben. Früher hätte ich das auch getan. Jetzt aber fügte sich mein ungenaues Erinnern bestens in die Struktur der Erzählung ein. Ich mußte es nur auf Völlenklee übertragen, und hier haben wir ein Beispiel für die Ununterschiedenheit von Vorstellungswelt und tatsächlicher Welt. Was mich beim Schreiben stimulierte, war überhaupt immer nur die Erfahrung mit der eigenen Irritation, und das Lustprinzip bestand nun darin, daß ich den Buchhändler, die erfundene Figur, über Löcher stolpern ließ, über die ich vorher selbst gestolpert war.

Es gibt in dieser Erzählung kaum ein Detail, das nicht als Bild einer Erinnerung abrufbar gewesen wäre: Ich kannte den Weg über das Wattenmeer von Amrum nach Föhr und hatte selbst versucht darauf zu wandern, kehrte aber um, weil mir unheimlich wurde.

Die Erzählung ist also ein konkretes Erinnern, das aber dem Spannungsfeld der Grundidee untergeordnet bleibt. Die Grundidee ist der Einbruch des Unbekannten. Der Buchhändler umkreist seinen Wunsch, eine Wattwanderung zu machen, wie die Katze den heißen Brei, und dies geschieht so oft und derart intensiv, bis sich das Wattenmeer zu einer Metapher verdichtet. Wichtig dabei ist, wie gesagt, daß der unerkannte Horizont seinen banalen Nenner behält, sonst würde das Ganze zu bedeutungsschwer. Die Psychopathologie des Alltags entsteht aus nichtigen Anlässen. Ein wesentliches Merkmal der *Wattwanderung* ist das stringente Erzählen, das sich konzentrisch auf einen unerkannten Mittelpunkt wie auf ein schwarzes Loch zubewegt. Damit ist aber nicht gesagt, daß mir dies als Konzeption von Anfang an klar war. Beim Schreiben bin ich selber gespannt darauf, wie sich die Sache weiterentwickelt. Ich habe also völlige Freiheit in der Erfindung des Konkreten, und zuletzt, nach der ersten Niederschrift, zeigt es sich, ob das Ganze zwingend ist. Jetzt beginnt die dramaturgische Arbeit. Absätze oder ganze Kapitel werden gekürzt oder gegeneinander verschoben, einzelne Sätze werden mit der Schere herausgeschnitten und an anderer Stelle wieder aufgeklebt, bis die Erzählung oder die Novelle ihre Ökonomie und ihren unverwechselbaren Ton erhält. Es ist die Musikalität der Syntax, die mich einzig leitet, so daß zuletzt an dieser Prosa weder ein Satz hinzugefügt noch gestrichen werden kann, ohne daß dies eine Dissonanz erzeugen würde. Wichtig bleibt, daß beim konkreten Schreiben die Mitteilung aus dem Unbewußten alle Anstrengung zur bewußten Mitteilung übersteigt. Ich will jetzt nicht den Begriff der Intuition bemühen oder den parodistischen Hinweis, daß der Dichter von der Muse geküßt wird, vielmehr glaube ich daran, daß man, wenn man das Detail eines Sachverhalts genau beschreibt, auch alle unbeschriebenen Details mit ins Bewußtsein hebt. Tatsächliche Welt und Vorstellungswelt werden auf diese Weise ununterscheidbar, und somit entsteht für die Kunst ein eigener Wahrheitsgrund.

Wer die Schriftstellerei als Triebtäterschaft ausübt – und nur so entsteht Erhebliches, aus Beruf oder Neigung ist noch nie ein großer Roman geschrieben worden – wer also seine Haut als Poet, wie van Gogh als Maler, völlig ungeschützt, unaufgefordert und immer mit dem gleichen Risiko zu Markte trägt, der läßt mindestens drei Erfahrungshorizonte nicht außer acht, die auch das Leben jedes anderen Menschen bestimmen, aber nicht zur erlösenden Selbstformulierung aufsteigen lassen. Es sind dies: erstens die sozialen, gesellschaftspolitischen Verwicklungen, in die jeder von uns unauflösbar eingebunden ist; zweitens die durch keine gesellschaftliche Macht definierte oder verhängte existentielle Bedingung eines begrenzten Lebens; und drittens das unverwechselbar eigene und damit an sich ununterschiedene Ich. Diese, grob gesprochen, drei Erfahrungshorizonte sind es, die wir, zur poetischen Form geronnen, an den Werken

Kafkas, Thomas Manns, Dostojewskis, Goethes und so weiter vorbehaltlos bewundern. Fehlt eine von diesen Erfahrungen, schrumpft die Totalität der poetischen Mitteilung. Wo die Erfahrung des Gesellschaftspolitischen fehlt oder nicht mit eingebracht wird, fehlt das soziale Gewissen, vor dem jede existentielle Bedürftigkeit zur metaphysischen Jammerei ausartet. Fehlt die existentielle Erfahrung, beginnt die soziale Frömmelei. Fehlt das Erlebnis des Ununterschiedenen am eigenen Ich, bleibt alles, was da geschrieben steht, zwar immer noch, auf die konkrete Welt bezogen, nachprüfbar, aber irritationslos. Die Wissenschaften kennen diesen Zwang zur Selbstirritation nicht, ihnen ist der strikte Rationalismus das Hauptmittel zur Welterfahrung, darum sind Politologen, Historiker, Germanisten und so weiter sehr rasch geneigt, die irritierte Selbstentäußerung des Poeten als sinnloses Geraune abzutun. Und hier spätestens beginnt das Mißverständnis zwischen der Kunst und der Forderung nach striktem Rationalismus.

Der Historiker, der die Lebensumstände eines Landarztes um die Jahrhundertwende studieren will, kann über Kafkas willkürliche Prosastruktur nur den Kopf schütteln. Und ist es tatsächlich nötig, wenn man das Elend eines Handlungsreisenden beschreiben will, diesen vorher in einen Käfer zu verwandeln? Eine derartige Kunst bleibt völlig ungeeignet als Prämisse für die herkömmliche Gesellschaftsanalyse, da hier die »Unschärferelation«, eben das nicht überprüfbare subjektive Befinden Kafkas, mit unter die geschriebenen Zeilen geraten ist. Üblicherweise wird eine Öffentlichkeit, die nicht auf Kunst, sondern auf schlichte Klärung von Sachverhalten aus ist, damit spielend fertig. Man streicht den Erfahrungshorizont des Existentiellen und die Selbstbefindlichkeit des Schriftstellers und beläßt es bei der Poetik, die eine Widerspiegelung der Wirklichkeit fordert.

Man rechnet die Widerspiegelungstheorie vor allem dem Marxismus zu. Aber ist das geläufige Verständnis von Kunst nicht auch sonst von dem Vorurteil geprägt, das künstlerische Schaffen sei vor allem und immer wieder ein Reflex auf Erfahrungen mit der Außenwelt? Die Existenzphilosophie hat das Subjekt aus dieser Bevormundung herausgerissen und darauf verwiesen, daß sich einzelnes Dasein nicht in der Gelegenheit zur Erkenntnis erschöpft, daß Erkenntnisfähigkeit überhaupt keinen Grund für die Existenz des Menschen abgeben kann. Der Schriftsteller erfährt beim Schreiben nicht nur alles Objektive, also die Außenwelt, sondern auch sich selbst als ständigen Irrgarten und wird umhergetrieben von der Sorge, darin nicht zu bestehen. Das kann auch gar nicht anders sein. Sonst wäre seine Poesie interpretierbar, auslotbar, der Unbestechlichkeit einer Analyse ausgeliefert. Kunst aber wirkt aus dem Unsichtbaren, sie gleicht einem Kreis, in dem sich jeder Deutungsversuch, wie das Endliche im Unendlichen, mühevoll, aber im letzten ohne jede Bedeutung abarbeitet. Damit ist nicht gesagt, daß die Kunst sich ins Private, Unverbindliche zurückzieht. Sie wirkt gerade, wenn man sie in ihrem Geheimnis beläßt, gesellschaftskritisch.

Schriftsteller, die sich ausschließlich gesellschaftspolitisch motivieren lassen, unterwerfen sich einer nachprüfbaren Tendenz. Die Kunst aber hat ihre Wurzeln in den Untiefen der Subjektivität. »Nur das Persönliche ist unerschöpflich«, schreibt Nietzsche, und dies ist ja auch die tröstliche Quadratur des Kreises aller Poesie: Sie läßt sich nur aus der Unverwechselbarkeit des Subjekts ins Allgemeine transformieren.

Auch die Kunst vermittelt Erkenntnisse, aber es ist einer ihrer Vorzüge, daß sie ihre Anschaulichkeit unangetastet läßt, und eines kann die Kunst ihrem Wesen nach nicht leisten: Eindeutigkeit. Sie ist entweder vieldeutig oder gar nicht. Die Wissenschaft findet ihre Phänomene vor, die Kunst muß sie sich erfinden.

Reflexionen

Wer Kleists Grab am kleinen Wannsee besucht, kann sich davon überzeugen, daß dem im Leben Glücklosen ein Zeichen seiner Auferstehung zum Ruhm gegeben wurde. Ein Gedenkstein erinnert daran, daß die Nachwelt den Selbstmord Kleists ausdrücklich widerrufen hat: »Nun, o Unsterblichkeit, bist du ganz mein.« Gibt es sonst noch einen Hinweis auf jenen denkwürdigen 21. November 1811?

Vor Jahren sah ich ein kleines Emailleschild, wie man es als Kennzeichen zur Grabpflege verwendet, darauf ein Name: Henriette Vogel. Es ist verschwunden. Kleist erhält jedes Jahr von der eigens nach ihm benannten Gesellschaft einen frischen Kranz, seiner Gefährtin im Tode wird dieses Zeichen der Auferstehung im Gedächtnis der Nachwelt verwehrt.

Nun haben literarische Gesellschaften, die sich um einen verstorbenen bedeutenden Menschen wie um einen Zeitgenossen scharen, immer nur eines im Sinn: Man will zeigen, daß man berechtigt ist, aus devoter, angemaßter Wahlverwandtschaft den Bannkreis des Geehrten zu betreten, und das Devote beweist sich eben darin, daß man alles, was der Aura des Genies nicht im striktesten Sinne angehört, als unerheblich ausgrenzt. Henriette Vogel hat uns keine Weltliteratur hinterlassen. Sie war eine todkranke Frau, die, wie

Kleist, den Wunsch hatte, auf kürzestem Weg ins »Himmelreich« zu gelangen. Und so viel Interesse am konkreten Leben wäre natürlich für jene, deren Nutznießerschaft nur auf die Verwertbarkeit von Genie und Größe aus ist, zuviel oder besser zuwenig verlangt. Man ehrt sich ja gerade selbst, indem man zu erkennen gibt, wie sehr man weiß, wem allein und nachweislich Ruhm und Ehre gebührt.

Henriette Vogel verließ Mann und Tochter ohne Nachricht, um sich von einem mäßig bekannten Komödienschreiber unter freiem Himmel, inmitten einer Wildnis erschießen zu lassen. Es ist dies eine Gefährtin im Abschied, wie sie sich Strindberg nicht konsequenter hätte erträumen können, und hätte Kleist alle Einzelheiten dieser letzten Begegnung, statt sie zu erleben oder zu vollziehen, lediglich zum Stoff eines Dramas gemacht, Henriette Vogel wäre von der Germanistik ebenso angebetet und in ungeahnte literarische Höhen hinaufinterpretiert worden wie die *Penthesilea* oder *Das Käthchen von Heilbronn.*

Das Verschweigen der Henriette Vogel am gemeinsamen Grab mit Kleist beweist, wie sehr wir es gewohnt sind, Literatur und Leben zu trennen, ja wir wissen nicht einmal, daß die Literatur gar keine Grenze gegen sich und die Alltäglichkeit, aus der sie entstanden ist, geltend machen kann. Wir erniedrigen uns durch Hochmut im Klassifizieren. Wir verlangen Ehrengräber, verlangen devote Bewunderung auch noch im Tode für jenen, dem die Natur besondere Gaben verliehen hat, während der weniger Begabte nochmals und unwiderruflich durch Namenlosigkeit bestraft wird.

Innovation in der Kunst wird meist als strikte Diskontinuität gedeutet, das heißt, hier gibt es nicht einmal mehr Brükken zur Tradition, die es abzubrechen gilt. Dabei hat das Neue in der Kunst das sogenannte Alte zur Voraussetzung. So hat man unlängst die Moderne in den Gemälden Caspar David Friedrichs wiederentdeckt, und die Musik von Gustav Mahler, der 1911 starb, wurde überhaupt erst in den sechziger Jahren, also mit dem Kunstverständnis der Moderne, ins allgemeine Bewußtsein gehoben.

Mit Gustav Mahler verabschiedet sich die spätromantische Musik und gewinnt dabei ihren letzten Höhepunkt, und daß Mahler zu den Ziehvätern der Moderne gerechnet werden muß, dies beweist die Verehrung, die er durch Schönberg, Alban Berg und Anton Webern erfahren hat.

»In ihm ist Liebe«, schrieb Hans Pfitzner 1910. Ein Jahr später schrieb Anton Webern an Alban Berg: »Ich spiele noch oft das ›Lied von der Erde‹. Es ist unglaublich schön. Es ist nicht zu sagen.« Mit einem direkten Hinweis auf die Moderne äußert sich Alma Mahler in ihrer Vorrede zu den Briefen: »Mahler hat, wie mir scheinen will, der Musik einen ganz neuen Wert entdeckt: den ethischmystischen Menschen. Er hat die musikalische Darstellungswelt, die bis dahin Liebe, Krieg, Religion, Natur, Humanität zum Inhalt hatte, um den einsamen Menschen bereichert, der unerlöst auf dieser Erde durch das Universum kreist.«

Hier wird die Intention Mahlers mit aller Deutlichkeit der Epoche Schönbergs und Bartóks zugerechnet. Und damit ist auch die These widerlegt, das Innovationsbegehren in der Kunst müsse mit dem Traditionellen radikal brechen. Die Orchesterstücke von Anton Webern vermitteln das Lebensgefühl der Moderne konsequent lapidar, beinahe im Telegrammstil. Die Kammermusik Schönbergs wirkt auf mich wie das neurotische Suchen nach einer verlorenen, selbst dem Erinnern nicht mehr verfügbaren Zeit.

Bei Gustav Mahler ist alles, was die Moderne im Ungesagten beläßt, noch gegenwärtig. Aber schon gebrochen. Es ist, als ob sich der Mensch des 20. Jahrhunderts, bevor ihn die Zivilisation blind und taub macht, noch einmal alles, was er verloren und aufgegeben hat, in aller Unschuld ins Bewußtsein zurückholt. Im Anhören von Mahlers frühen Symphonien werden wir zu glücklichen Kindern, lassen wir uns von Gesängen vertrauensvoll über die Schattengrenze überirdischer Versprechen ziehen. Wer die *Lieder eines fahrenden Gesellen* oder die *Kindertotenlieder* hört, erlebt jene Ununterschiedenheit von Naivität und Raffinesse, die dem ewigen Innovationsbegehren der zeitgenössischen Musik abhanden gekommen ist.

Neulich stand ich am Schlachtensee und bemerkte in dem Wasser, dort, wo das Ufer eine Landzunge bildet, ein merkwürdiges Grün, dem ein weißer Streifen untergemischt war. Ich suchte nach den Objekten dieser Spiegelung, fand die Birke am Ufer, den Hügel mit dem Kranz Kiefern, der als Widerschein auf dem See das Grün erzeugte, und war ernüchtert. Ich floh vor diesem scharfen unwiderruflichen Anblick auf das Wasser, auf die farbig-diffuse Spiegelung zurück. Und ich wurde den Eindruck nicht los, daß Dinge, die wir nicht über den Umweg ihres Scheins aufnehmen, allen Zauber, eben den ihrer Täuschung, verlieren. Und ist es nicht so, daß wir im Schein nie das Wesen, im Wesen aber allen Schein verlieren können?

Von Goethe kennen wir die bündige Notiz: »Die Kunst gibt sich selbst Gesetze und gebietet der Zeit. Der Dilettantismus folgt der Neigung der Zeit.« Fragen wir also nach den Neigungen unserer Zeit, vor denen sich der Künstler hüten sollte.

Bis zur Jahrhundertwende war es der strikte Akademismus und das rigide, auftrumpfende Festhalten an der Konvention. Wir kennen alle das Hohngelächter der Pariser Malakademie über die Impressionisten. Und jeder deutsche Studienrat, der etwas auf sich hielt, hatte mindestens ein selbstverfaßtes Römerdrama in der Schublade. Die Ballade hat Fontane zuallererst bekannt gemacht, nicht sein *Schach von Wuthenow.*

Heute hat die Neigung der Zeit ihre Prämissen gewechselt. Heute ist jeder Oberstudienrat oder Kulturbeamte, den der Wille zur Kunst in den Dilettantismus treibt, zuallererst innovativ. Also der Erneuerer, um die Jahrhundertwende oft in den Hungertod der Bohème getrieben, partizipiert heute an den Neigungen der Zeit. Und doch bleibt für den Künstler alles beim alten, denn: Wie vormals das Beharren im Konventionellen die Wege zur Kunst nicht ebnen konnte, so heute auch nicht der Zwang zur Innovation. Für den Künstler ist es unerheblich, ob er auf eine konservative oder progressive öffentliche Meinung trifft. Er folgt, dies ist sein Risiko, seiner eigenen Neigung.

Am liebsten ist mir jene Malerei, in der sich die Irritation ihres Urhebers verrät. Ob die Anschauung abstrakt oder gegenständlich beginnt, die Irritation erzeugt beim Betrachter jenes Oszillieren, das nur durch Assoziation einen Augenblick lang zur Ruhe gebracht werden kann.

In den späten Selbstbildnissen von Munch wendet sich alles Augenscheinliche durch die Geste der Not und Ratlosigkeit ins unsichtbar Existentielle. Ebenso aber könnte man im Anblick abstrakt gegeneinander geballter oder miteinander verwobener Farben und Flächen zum Erlebnis einer rigoros-konkreten Anschaulichkeit getrieben werden.

Dies war für Nietzsche die Formel seines Glücks: ein Ja, ein Nein, eine gerade Linie, ein Ziel...

Dies könnte die Formel eines glücklichen Malers sein: kein Ja, kein Nein, keine gerade Linie, kein Ziel. Denn wer sich auf das Abenteuer der Kunst einläßt, muß über Nietzsches mathematische Willkür hinaus.

Die Quadratur des Kreises, die Kontinuität des Abbruchs, die Stille in der Unruhe, dies sind Unvereinbarkeiten, denen der Maler seine Form aufzwingt. Kunst, die ihr Ziel erreicht, wäre eine Tautologie.

In Berlin soll die Akademie der Künste am Pariser Platz neu errichtet werden. Die Architektur bleibt umstritten, es wurde sehr viel Leidenschaft auf das Für und Wider verwendet, höchste Honoratioren dieser Stadt haben sich kulturpolitisch engagiert. Es ist eine Akademie, die unlängst ihr dreihundertjähriges Bestehen feierte. Die Zukunft wird zeigen, ob es sich lohnt, einer Institution, die im Zeitalter der Angestelltenkultur langsam, aber sicher an Legitimität verliert, neue Paläste zu bauen.

Die Akademie der schönen Künste war, und nicht nur in Berlin, seit jeher eine Gelegenheit zur Repräsentation. Sie ist ein Ziehkind des aufgeklärten Absolutismus. Kunst und Wissenschaften sollten als Kulturnachweis einen obligatorischen Rang erhalten, und so blieb diese Institution in ganz Europa und bis auf den heutigen Tag, was sie nach dem Willen ihrer Gründerväter war: keine Wirkungsstätte für aktuelle Kunst und Literatur, sondern der verbürgte Nachweis einer Karriere.

Wer Mitglied in der Akademie der Künste wurde, repräsentierte, auch von Staats wegen, den Erfolg seiner künstlerischen Neigungen. Wem diese Mitgliedschaft verwehrt wurde, blieb, zumindest im offiziös propagierten Kulturverständnis, zwar immer noch ein Künstler oder Literat, aber ohne akademischen Karrierenachweis und damit ein hoffnungsloser Underdog.

Wir kennen das Resultat einer solchen »Auslese«. Schon die Akademiemalerei in den Pariser Salons um 1880 war künstlerisch unbedeutend, und die neue Malerei war längst eine Sache jener hoffnungslosen Underdogs, die schon aus Gründen des Charakters ungeeignet waren, akademische Ehren und Würden über sich ergehen zu lassen. Oder hätte man sich die Anwesenheit eines Vincent van Gogh oder eines Gauguin auf den Gedenk- und Weiheveranstaltungen, wie sie heute noch an den europäischen Akademien üblich sind, vorstellen können?

Zum akademischen Karrierenachweis gehört ein hohes Quantum an Zivilisationsgebaren. Der Wille und die Fähigkeit zur Kunst sind zweitrangig, vor allem, wo sie die Schicklichkeit des Repräsentativen nicht einzuhalten wissen. Der Künstler war seit jeher gezwungen, sich der Gefahr des Akademischen zu entziehen und, falls er überhaupt zur Kooperation fähig war, als Mitglied eines Sezessionistenvereins gegen den offiziösen Kunstgeschmack anzukämpfen.

Eine der schaurigen Schönheiten Berlins ist der Landwehrkanal. Die Kastanien, die das Lützowufer säumen, geben dem schwarzen Gewässer einen Anschein von Idylle, besonders im Frühjahr, wenn sie ihre Blüten austreiben. Wer auf der Bendlerbrücke steht, kann für Augenblicke den Verkehr und den stupiden Anblick moderner Architektur vergessen. Ein Gefühl von Wehmut, ein vergebliches Erinnern an das Wilhelminische bestimmen die Selbstvergessenheit. Die alte Bendlerstraße existiert nicht mehr. Ein paar Schritte von hier wurde Graf Stauffenberg hastig füsiliert, nachdem er den Deutschen ebenso hastig und in allerletzter Minute das Selbstverständnis hatte retten wollen.

Sehr erstaunt hat mich die Lektüre der späten Tagebuchnotizen von Ernst Jünger, gesammelt unter dem Titel »Prognosen«. Haben wir es in seiner Person mit einer Reinkarnation Goethes zu tun, oder besser: Dauert durch ihn und sein Schaffen jene geistesgeschichtliche Ambition fort, die wir der Weimarer Klassik zurechnen und die mit dem Einbruch der Moderne ein für allemal aus dem Kulturbewußtsein verdrängt schien?

Zunächst fällt auf, daß Jüngers Gewohnheiten und die Art seiner Lebensneugierde tatsächlich an Goethe erinnern. Der Sammler und die Seinigen: Wie jener besieht auch Jünger in einem Zeitalter, das von anderen, zum Beispiel von Baudrillard, längst als imaginär und durch Techniken der Simulation als entrückt erfahren wird, besieht also Jünger einzig nach Maßgabe des Anschaulichen, konkret Faßbaren, die Metamorphose der Pflanzen- und Insektenwelt. Er betrachtet die ihn umgebende Natur und sich selbst, sein fortschreitendes Alter, mit einem Interesse, das wir, wenn wir einer solchen Haltung einen philosophischen Impuls unterlegen wollen, dem Pantheismus des späten 18. Jahrhunderts zurechnen müssen.

»Klopfen an Holz – ein Aberglaube? Die Bäume sind von Göttern bewohnt!« Auch Goethe wollte nachweisen, daß das Wunder der Schöpfung nicht nur auf dem Theater oder in den Predigten der reformierten Kirche, sondern ganz handgreiflich und damit unwiderlegbar in den Gesteinsproben der Geologen oder in der Botanisiertrommel des Schmetterlingssammlers wiederzufinden ist.

Vor Darwin war alle Naturwissenschaft, vor allem der sie begleitende Dilettantismus, von der Zuversicht eines pantheistischen Weltbildes unterfüttert. Nach Darwin war das nicht mehr möglich. Von hier ab datiert die Talfahrt in die angsterzeugenden, weil bodenlosen Niederungen des Nihilismus, und über diese Schattengrenze oder Linie wollte Jünger bekanntlich hinaus: durch die Erschaffung einer den

Nihilismus überwindenden Ausdruckswelt, die in letzter Konsequenz transzendenzlos gemeint war.

Um so erstaunlicher ist jetzt die neupantheistische Zuversicht, die Jüngers Tagebuchnotizen auszeichnet: »Die Götter erschaffen aus dem Zeitlosen; die Titanen wirken und erfinden in der Zeit... Es fragt sich, ob die historische Perspektive genügt oder ob wir nicht am Ende und schon außerhalb der Geschichte stehen.« Solche und ähnliche Äußerungen und die im letzten optimistische Deutung des Todes weisen darauf hin, daß hier die Irritation, die das moderne Seinsverständnis auszeichnet, schlichtweg aufgegeben wurde. »Für Hölderlin ist die Zeitmauer die Kerkerwand, die im heiligsten der Stürme zusammenfallen wird.«

Sicher, solche Worte rühren uns unwiderstehlich an. Es ist schön und erhebend, »Prognosen«, die Zukunft der Menschheit und des Universums betreffend, aus der Metaphernwelt der Götter und Titanen, aus dem Seinsverständnis des 18. Jahrhunderts zu lesen. Allein, mir fehlt, was Jünger sicherlich damit stiften will, der neue alte Glaube. Auch Nietzsche hatte neue, ganz eigene Entwürfe zur Überwindung, zum Umkreisen oder zum Ausschmücken der Zeitmauer. Aber diese Entwürfe sind Ausdruck seiner Verzweiflung, und der Gedanke der »ewigen Wiederkehr des Gleichen« wird als Vorhof zur Hölle markiert.

Kafka: »Das Gute ist in gewissem Sinne trostlos.« Wenn der Kontrast des Bösen fehlt. Was wäre das Paradies ohne Schlange? Nur die Hölle duldet keinen Widerspruch. Die Vipera aspis habe ich vorigen Sommer aus nächster Nähe beobachten können. Es war eine Begegnung mit der Schönheit des Bösen. Die Reflexe dieses Reptils tun nichts zur Sache. Sie sind eher harmlos, und wer die Vipera nicht berührt oder in die Enge treibt, hat ihr Gift nicht zu fürchten. Nein, es ist der Anblick: Die auf engstem Raum gedrungene Kraft und die senkrecht geschlitzten Augen und daß sie, wenn sie sich entdeckt sieht, absolut nicht weichen will. Es ist jene Schwester der Vipera ammodytis, die Eurydike zu Tode verwundet hat. Und damit wäre alles gesagt.

Unlängst hatte ich eine Begegnung, die mir zu denken gab. Ich ging in der Nähe der Havelchaussee spazieren und überquerte auf einem schmalen Spazierweg Markierungen. Es waren künstlich angelegte Gräben, kaum knöchelhoch, dazwischen Papier- und Plastikreste, säuberlich zu Haufen aufgeschichtet. An einer Pappel lehnte ein Fahrrad, und der Besitzer sprang zwischen den Gräben und Haufen hin und her. Es war ein Mann mittleren Alters, der jeden Spaziergänger mit einem Seufzer passieren ließ. Der Mann war geistig verwirrt, und ich machte eine Bemerkung, die zur freundlichen Herablassung geriet.

Es fällt uns offenbar schwer, die Vorstellungswelt der Verwirrten in ihrer Autonomie zu belassen, und auch in den Strukturen des bewußten Seins ziehen wir eine Grenze, die einzig dem gesunden Menschenverstand Geltung verschaffen soll. Aber wo, bescheidene Frage, beginnt der gesunde Menschenverstand? Und haben wir zuverlässige Kriterien, die sicherstellen, daß wir uns in der Überbewertung des geistig Gesunden nicht gründlich irren?

Von Benn kennen wir die Bemerkung, daß sich Geschichtsbücher wie das Tagebuch eines Wahnsinnigen lesen. Und in der Tat: An der Kontinuität der Gewalt bis hin zum Mörderischen, am ewigen und vergeblichen Auf und Ab von Siegen und Niederlagen, von Eroberungen und Verlusten können wir keine Grenze zum gesunden Menschenverstand festmachen. Die Strukturen des bewußten Seins sind vielmehr fließend, und es scheint, daß wir jenen, der Tag für Tag zum Havelufer fährt, um seine Markierungen zu befestigen oder zu überwachen, daß wir jenen, der zwar seufzend, aber immer freiwillig zur Seite ausweicht, wenn ein Spaziergänger über seine magischen Figuren tritt, daß wir jenen, wie es in anderen Zeitaltern üblich war, als heiligen Narren gelten lassen müssen.

Die geistig Verwirrten brauchen unseren Schutz, aber ohne freundliche Herablassung. Sie bleiben in ihrer exzentrischen Vorstellungswelt allein und sind damit unschuldig. Sie haben niemals versucht, der Mitwelt ihren Willen aufzuzwingen. Sie haben auch keine Kriege begonnen. An ihnen ist auch kein Weltreich zugrunde gegangen. Und wir sollten nicht ausschließen, daß einige, wie etwa Shakespeares Ophelia, ihre geistige Verwirrtheit als Fluchtburg gewählt haben, da sich ihnen keine Gelegenheit bot, mit Herz und Verstand über den alltäglichen Irrsinn unserer Zivilisation hinwegzukommen.

Individuelle Ansichten steigern sich nicht selten bis in das autoritäre Wunschdenken hinein. Es ist der Drang des einzelnen, seine Sorgen und Nöte ins öffentliche Gerede zu bringen und damit erheblicher zu machen. Es ist das sprichwörtliche Stammtischgerede, in dem die subjektive Befindlichkeit das allgemeine Interesse für sich in Anspruch zu nehmen wünscht.

So entsteht, könnte man sagen, die verbreitete Meinung, jeder hätte das Recht und die Fähigkeit zur Politik. Wie das unzufriedene Mitglied eines Taubenzüchtervereins die Satzung ändern will, so will der Stammtischstratege das Gemeinwesen, in dem er leben muß, ändern, und man staunt, mit welcher Radikalität und Selbstverständlichkeit die jeweilige Stimmungslage zur konstituierenden Idee erhoben wird. Der konservativ Gestimmte wünscht sich den konservativen Staat, der Progressist das genaue Gegenteil. Wen soziale Belange umtreiben, der wünscht sich den Sozialstaat, der national Gesinnte fordert den Nationalstaat und so weiter.

Unser Jahrhundert kennt genügend Beispiele, die beweisen, daß nicht etwa die Staatsphilosophie Hegels, das Demokratieverständnis Tocquevilles oder Montesquieus Forderung nach Gewaltenteilung die politische Praxis bestimmt hat, sondern das ressentimentgeladene Gemüt von Außenseitern, deren Wille zur Macht an Stammtischen oder Obdachlosenheimen großgezogen wurde. Das gefährlichste Phänomen aber ist der überkonditionierte Narzißmus, der meist als Schwäche belächelt wird, weil man glaubt, der einzelne wäre von Natur aus dazu geschaffen, über sich hinwegzusehen. Das Ich-Gefühl des einzelnen, ja das Ich-Phänomen überhaupt wird von der Philosophie und der Wissenschaft vernachlässigt, und Sartre geht sogar so weit zu behaupten, daß das Ego nur als verschwindender Grenzwert, also strenggenommen gar nicht existiert. Die Schwierigkeit scheint tatsächlich darin zu liegen, daß sich die Qualität der Einmaligkeit eines Menschen in jedem anderen wiederholt, ohne daß er es selbst ist, und so wird der Beweis ureigenster Existenz zur Quadratur des Kreises.

Dennoch: Jene, die uns mit dem Hinweis auf solch eine Quadratur des Kreises die Besserung des Menschen als Anstrengung zur Ich-Überwindung einreden wollen, unterschätzen das eigentliche Problem. Der einzelne bleibt selbstbezogen, und nur wenige können der Versuchung widerstehen, ihr Selbstgefühl, falls sie die Macht dazu haben, bis ins öffentliche Bewußtsein zu steigern.

Das durch Narzißmus überkonditionierte Individuum begreift das gesellschaftliche Miteinander meist nur als Gelegenheit zur Selbstdarstellung. Mißlingt ihm diese Gelegenheit, kann es zum Verbrechen kommen. So fühlte sich zum Beispiel der Killer von Dunblane berechtigt, der Königin von England seine Frustrationen mitzuteilen, und er fühlte sich berechtigt, an der Gesellschaft, in diesem Fall an unschuldigen Kindern, für ebendiese Frustrationen Rache zu nehmen. Der Mörder von Dunblane blieb ein Außenseiter. Hitlers Fähigkeit zur Selbstdarstellung hingegen hat als Zivilisation des Bösen Kulturgeschichte gemacht. Sein Wille zur Architektur ist heute noch zu besichtigen. Es war eine Art Neoklassizismus, multipliziert durch imperiales Gehabe. Dann die Mischung aus Eleganz, Zucht und Unerbittlichkeit im Erscheinungsbild der SS, der neuen Herrenmenschen: Sie sollten in ihren Uniformen wie düster entschlossene Todesengel wirken, um die andere, die schäbige, regellose, häßliche Ausdruckswelt, die sich Hitler in Auschwitz erschuf, bedingungslos unter ihrem Stiefel zu haben.

Und doch täuscht das apokalyptische Bild. Es enthält keinerlei Sublimation. Hitler blieb auch als Parvenü ein Triebtäter. Er konnte das Böse zwar tun, aber nicht überdenken. Heidegger mußte seine Vorlesungen aus dem Jahre 1943 mit einem Nachwort verteidigen, indem er affirmatives Handeln als existentielle Not deutet. Und in der Tat: Hätten jene, gegen deren Vorwürfe er sich zu wehren hatte, auch nur für eine Sekunde das eigene Dasein aus dem gedanklichen Vorlauf zum Tode begriffen und erlitten, es wäre im Dritten Reich kein einziger Jude ermordet worden. Hitler war ein durch und durch negativ gestimmter Mensch, der zwar ständig vom Schicksal und vom Schöpfer redete, der aber die versittlichende Kraft des Transzendierens nicht kannte. Er hatte Vorstellungen vom Sterben, besonders vom Sterben anderer, aber die Vorstellung vom Sterben an sich, die uns daran erinnert, wie kostbar, zufällig, unwiederholbar unser Sein zum Tode ist, sie blieb seiner Phantasie unerreichbar.

Hitler war also, sehr im Gegensatz zu Nietzsche und Heidegger, nicht in der Lage, einen positiven Nihilismus auch nur zu denken. Er war der Vollstrecker des Bösen, und zwar immer auf der kürzesten Strecke zwischen Trieb und Intellekt.

Dreierlei ist an Schopenhauer wichtig: Daß er das Ding an sich mit dem Willen belebt, daß er diesen in der Metaphysik beläßt, daß er den Primat des Willens vor dem Intellekt als Konsequenz darstellt. An Hegel: Der Progreß im Erkennen bleibt (leider) unwiderlegbar. Nachteil beider: Sie adeln das Wesen und setzen die Erscheinung herab. Aber – die flüchtige Erscheinung ist das Bedauernswerte.

Wie weit reichen die Wurzeln meiner Individualität? Schopenhauer deutet die Flüchtigkeit meiner Erscheinung als ewige Wiederkehr des Wesentlichen und endet doch in der Phänomenologie. Hier schafft sich das Wesen, da es erscheinen muß, in der eigenen Erscheinung ab. Ins Subjektive übersetzt: Für mich, die Erscheinung, bliebe die Flüchtigkeit wesentlich. Der Rest ist Demut. Wovor? Das ist die entscheidende Frage.

Es ist das Endliche, das die Idee über sich selbst nicht aushalten kann. Wenn wir unsere Lebenszeit überdenken, erfahren wir die Angst als eine Grundbefindlichkeit, die uns nie verläßt. Es ist, wie Heidegger versichert, keine Angst wovor. Hier gibt es kein Wovor. Wir berühren die rätselhaften Bedingungen unserer Existenz. Hier manifestiert sich das Unerfahrbare oder – erkenntnistheoretisch gesprochen – das Nichts.

Andererseits: Vor dem Nichts emanzipiert sich die existentielle Angst. Sie wird demütig und kommt zur Ruhe. Demut ist eben auch ein Erkenntnisproblem. Sie enthüllt uns einen positiven Nihilismus, in dem Verzweiflung und Trost einen Pakt eingehen.

Das Bewußtsein schafft sich eine imaginäre Welt und richtet sich danach aus. So hat das Transzendenzbegehren, das nach den strengen Regeln der empirischen Wissenschaft für null und nichtig erklärt werden muß, handfeste Tatsachen geschaffen, zum Beispiel den immer wieder beschworenen, erneuerten und auch in der Politik angewandten Kontext von Religionen. Unser Erkenntnisvermögen hat es nicht vermocht, jene willkürlichen Wünsche auszuschließen, die darauf gerichtet sind, eben diesem Erkenntnisvermögen ausgedachte Schimären beizumischen. So stehen wir immer noch, seit Jahrtausenden, als intellektuelles Zwitterwesen da: Wir erkennen, wollen aber auch, was für uns unerkennbar bleibt, in die Welt gesetzt wissen, und erst wer diesen Widerspruch im eigenen Bewußtsein gelten läßt, kann sich mit der Paradoxie, die unsere Existenz bestimmt, aussöhnen.

Da ist zum Beispiel der Gottesbegriff. Er entzieht sich der wissenschaftlichen Logik, nicht aber der Logik existentieller Bedürftigkeit. Also bleibt Gott, obwohl unbeweisbar, anwesend. Es hat Versuche gegeben, diesen Widerspruch aufzulösen. Es ist nie gelungen. Der Atheismus der letzten hundert Jahre war offensichtlich ein unsinniges Unterfangen, da sich das Absolute jedem Zugriff und damit jeder Definition entzieht, aber doch gedacht und damit in die Welt gesetzt werden kann. Gott ist als heraufbeschworenes Abstraktum beides zugleich: Abgrund des Unerkennbaren und Flügel des Trostes, um darüber hinwegzukommen. Und erst, wenn wir dies akzeptieren, werden wir fähig, ein derart vages, aber lebenswichtiges Phänomen wie den Glauben an Gott ernst zu nehmen und ihn der Arroganz und Vormundschaft des Intellekts zu entziehen.

Nun muß sich der Glaube aber auf der Höhe seiner eigenen Bedürftigkeit ins Recht setzen, und hier fragt es sich, ob die überkommenen Bilder der Eschatologie noch ausreichen.

Die christlichen Kirchen tun sich schwer, ihre Botschaft zu modifizieren und damit offener zu gestalten, und doch haben sie Philosophen hervorgebracht, die Wege dorthin längst gewiesen haben. Wer der heutigen Routine im Gottesdienst keinen Sinn mehr abgewinnen kann, sollte sich zum Beispiel an Blaise Pascal erinnern, der den Gottesbeweis bekräftigt, indem er ihn im Ungewissen beläßt. Gedanken wie »Gott liebt es, sich zu verstecken«, und vor allem Pascals Forderung, auf die Existenz Gottes eine Wette zu wagen, da am Ausgang dieser Wette niemand etwas verlieren, jeder aber alles gewinnen kann, dies sind Anregungen, die weit über die apostolischen Zeugnisse hinausweisen. Es ist ein Transzendenzangebot auch an jene, denen die strenggezogenen Grenzen einer überlieferten Christologie nicht genügen und die sich der Jesuslegende nicht nur logisch oder in den Mysterien eines unbedingten Glaubens, sondern aus metaphysischer Not und durchaus spekulativ nähern wollen.

Pascals aufklärerische Leistung ist die Einführung der »Unschärferelation« in die Dogmen der christlichen Lehre, und hier ist er, wie Kierkegaard übrigens auch, ohne Einfluß geblieben. Die Scholastik, und damit die mittelalterliche

Kirche, kann als Mutter der Naturwissenschaften gelten, und der Rationalismus hat seit jeher versucht, seine eigene Genesis, eben die um Logik bemühte Christologie aufzuweichen und zuletzt als irrationales und damit überwundenes Legendenwerk abzuschaffen. Warum sollte das Christentum heute nicht in der Lage sein, der gescheiterten Aufklärung mit einem verbesserten modernen Transzendenzangebot aufzuhelfen? Es sollte dem Rationalismus nicht mehr ratlos und tatenlos hinterherlaufen, sondern ihn als verlorenen Sohn heimholen. Es sollte sich auf das ureigenste Vermögen aller Religiosität zurückbesinnen und dem Denken einen Ausweg in die Metaphysik und damit zu den »Geheimnisströmungen« dieser Welt offenhalten.

Brauchen wir einen neuen Kierkegaard? Brauchen wir einen neuen Pascal? Nach der Existenzphilosophie hätten wir eine Theologie, die den Widerspruch im Erkenntnistrieb des Menschen über alle Grenzen hinweg, auch über die Grenzen, die unser Transzendenzbegehren einreißt, ernst nimmt, allerdings bitter nötig.

Die neueste Physik definiert das Phänomen der Zeit als Richtungskomponente allen Naturgeschehens. So behauptet Hawking: Ließe sich die Zeitachse des Naturgeschehens umkehren, würden sich alle Prozesse wie in einem zurückgedrehten Film wiederholen, oder besser: Das Naturgeschehen würde sich durch Rückläufigkeit widerrufen. Die allerneuesten Entdeckungen der Astrophysik deuten darauf hin, daß die Welt genauso beschaffen ist, wie wir sie erfahren, also räumlich und zeitlich strukturiert.

Aber wie umsichtig, wie genau, wie strikt empirisch die Wissenschaft uns über Jahrzehnte, nein Jahrhunderte hinweg das Phänomen der Vergänglichkeit plausibel zu machen versucht, der Mensch ist keineswegs in der Lage, sich über den Widerruf seiner Existenz mit den Mitteln der denkenden Vernunft hinwegzutrösten. Angenommen, die Wissenschaft könnte das »Nacheinander« im Naturgeschehen als Bedingung unserer Existenz erklärbar machen, es würde an der Tatsache, daß wir dieser Bedingung widersprechen, nichts ändern. Überhaupt hat die Natur mit dem bewußten Sein eine neue Realität gesetzt. Es ist das Vermögen, die Unannehmbarkeit einer vergänglichen Existenz gedanklich zu übersteigen.

Die Zeiterfahrung ist subjektiv. So wie der Tod immer nur »je eigener« ist, so ist auch die Zeit immer nur eine je eigene. Und selbst wenn wir im kollektiven Zeitvergleich unser Zifferblatt auf eine verordnete Weltzeit einstellen, bedeutet das allgemein bekannte und anerkannte »Beim nächsten Zeitzeichen wird es 24 Uhr« für den einzelnen, der die verordnete Weltzeit seiner konkreten Lebenszeit in Rechnung stellen muß, immer etwas anderes.

»Allein«, argumentiert Heidegger, »geht trotz des Nimmermehrdaseins meiner selbst die Zeit nicht weiter? Und kann nicht unbeschränkt vieles noch in der Zukunft liegen und aus ihr ankommen? Die Fragen sind zu bejahen. Trotzdem erhalten sie keinen Einwand gegen die Endlichkeit der ursprünglichen Zeit – weil sie überhaupt nicht mehr von dieser handeln.«[5]

Der freie Wille, der den Menschen auszeichnet, übersteigt alle Determiniertheit des Naturgeschehens. Hegel definiert das Naturgeschehen als vernünftig und reduziert die Leistung des freien Willens auf das einsichtige Erkennen eben dieser Vernünftigkeit. Die Existenzphilosophie, für die das Naturgeschehen weder vernünftig noch unvernünftig ist, läßt dem einzelnen ausdrücklich Raum zur eigenen Entscheidung. Wir sind zwar, existentiell gesprochen, wesentlich Sein zum Tode, aber wir haben die Möglichkeit, unser Leben sinnvoll zu gestalten. Hierin sind wir frei. Frei sind wir in allen Entscheidungen, die den Bereich der Ethik betreffen. Wir können das Gute tun und das Böse unterlassen. Dies ist eine Grundvoraussetzung für zivilisatorisches Verhalten. Aber der freie Wille ist nicht immer nur affirmativ zu deuten. »Ein Sprung von dieser Brücke macht mich frei«, diese berühmten Zeilen aus dem *Wilhelm Tell* charakterisieren den Selbstmord als probates, wenn auch letztes Mittel zur Verteidigung der Selbstachtung.

Goethe hat auf die zerstörerische Wirkung der aufkommenden Literaturkritik um 1800 hingewiesen. »Jenes ungestörte, unschuldige, nachtwandlerische Schaffen«, lesen wir in seinen Gesprächen mit Eckermann, »wodurch allein etwas Großes gedeihen kann, ist gar nicht mehr möglich. Unsere jetzigen Talente liegen alle auf dem Präsentierteller der Öffentlichkeit. Die täglich an fünfzig verschiedenen Orten erscheinenden kritischen Blätter und der dadurch im Publikum bewirkte Klatsch lassen nichts Gesundes aufkommen. Wer sich heutzutage nicht ganz davon zurückhält und sich nicht mit Gewalt isoliert, ist verloren. Es kommt zwar durch das schlechte, größtenteils negativ ästhetisierende Zeitungswesen eine Art Halbkultur in die Massen, allein dem hervorbringenden Talent ist es ein böser Nebel, ein fallendes Gift, das den Raum seiner Schöpferkraft zerstört, vom grünen Schmuck der Blätter bis in das tiefste Mark und die verborgenste Faser.«[6]

Glücklicher Goethe! Er warnt vor der aufkommenden Literaturkritik noch aus der Sicherheit eines intakten, die eigenen Zusammenhänge begreifenden Kulturbewußtseins. Heute ist das Kulturbewußtsein längst eine Sache des Amüsierbetriebs. Der Großkritiker hat die Medien erobert, und der Schriftsteller kann froh sein, wenn seine Bücher im Fernsehen als Gelegenheit zur Unterhaltung präsentiert werden. Die einflußreiche Literaturkritik ist längst zum Entertainment verkommen, und dem Entertainer sind alle kritischen Maßstäbe lediglich ein Mittel zur Selbstdarstellung.

Kulturkontinuität hieße hier: Der Großkritiker amüsiert sich und seine Zuschauer auf Kosten des aktuellen Literaturangebots, ansonsten bringt er nichts Neues ein. Und da sein öffentliches und mit Stargagen abgegoltenes Amüsement Selektion bedeutet, steuert er den Käufer, der das Amüsierbegehren des Kritikers zur Konsumtion erhebt.

Als Schriftsteller sollte man den Rat Goethes beherzigen und sich unumwunden eingestehen: Eine Literatur von Rang kann heute nur schreiben, wer sich vom Einfluß eines solchen Literaturbetriebs radikal freimacht. Die Kriterien für Literatur findet der Schriftsteller nicht im literaturkritischen Amüsierbetrieb. Und selbstverständlich gibt es Kritiker, die sich dem Zwang zum Entertainment entziehen. Sie werden gebraucht.

»Nicht als wäre es bereits möglich«, schrieb Ernst Bloch in den zwanziger Jahren, »daß ein Werk für sich selber spricht. Noch lange muß gesagt werden, wie Kunst aussieht, die gefällt, und vor allem, welche noch nicht gefällt... Kritik ist lebendige Auseinandersetzung ... Sie will Lessings großartige Sachlichkeit, nicht das Formale bloßer Geschmacksurteile. Am wenigsten Platz hat selbstverständlich bloßer Stimmungsausdruck; Kritik ist Analyse, gegebenenfalls wird sie, vor bedeutsamen Werken, endlich wieder Kommentar, zuletzt, als produktives Gebilde, Essay.«[7]

»Kleider machen Leute.« Aber auch Ämter machen aus blassen Zeitgenossen unübersehbare Erscheinungen. Das sicherste Mittel jedoch, sich aus der Sphäre der Anonymität ins öffentliche Rampenlicht emporzuarbeiten, ist das Streben nach Prominenz. Man kennt die sogenannte Talkshow, jene Gesprächsrunde, in der uns über das Fernsehen jene Spezies von Mitbürgern vorgeführt wird, deren Namen jeder kennt, deren Gesicht sich jeder dutzendmal gemerkt hat. Es ist eine Minderheit, entstanden aus dem Reproduktionsvermögen der Medien, vorgeführt einer staunenden Mehrheit, die davon ausgeschlossen bleibt, deren Sehnsüchte aber darauf ausgerichtet sind, wenigstens für ein paar Stunden jenen zuzuhören und zuzusehen, die das Glück hatten, aus der Sphäre der Anonymität in die allgemeine Sichtbarkeit zu gelangen.

Eine Gesellschaft, die sich der Anonymität im Entstehen

ihrer Werte verweigert und einen Zuwachs an Leistung nur noch unter dem Markenzeichen der Prominenz, also dem Glorienschein der allgemeinen Sichtbarkeit gelten läßt, ist dazu verurteilt, im Gerangel um öffentliche Aufmerksamkeit allmählich zu verkümmern. Und sie verharrt in einer fatalen Zweigeteiltheit: Hier die Erfolgreichen, deren Erfolg darin besteht, sich in ihrer Sichtbarkeit bestaunen zu lassen, dort die Erfolglosen, die im Bestaunen eben dieser Sichtbarkeit wenigstens unterhalten werden wollen.

Auch die simpelste Lebensplanung kennt ein Entweder-Oder. Entweder ich ergreife die Daseinsmöglichkeiten, die mir gegeben sind, oder ich lasse die Dinge treiben, besser: Lasse mir die Dinge als genormtes, auf puren Unterhaltungswert reduziertes Allerlei zutreiben. Es wäre dies ein Schlaraffenland ohne subjektiven Bedürfnisgrund. Ja man kann heute schon, in Ansehung der immer gleichen Unterhaltungsindustrie, kaum noch zwischen dem Absender und dem Adressaten unterscheiden. Das Amüsement, besser der Wille zum Amüsement wird immer voraussetzungsloser, so daß gewisse Medien die Hürde zwischen Produzenten und Konsumenten ihrer Unterhaltungsware mühelos überspringen. Zuletzt amüsiert man sich, weil sich jeder amüsiert. Das Angebot avanciert zur eigenen Erwartung, und bedenklich wird das Ganze, wo sich die Anstrengung zur Zivilisation langsam, aber sicher auch dem Zugriff des Außergewöhnlichen entzieht.

In seinem Buch *Vom Tod der Sonne* entwirft Sgalambro eine Philosophie, die für das Ende der Welt gültig sein soll. Alle bisher erkannte und anerkannte kosmische Wahrheit wird als Konsequenz gegen die Existenz des Menschen geltend gemacht. Wer Sinn dafür hat, der schaudert bei der behaupteten Gewißheit der Entropie, dem wissenschaftlich vorhersehbaren Weltende durch den Wärmetod des Universums oder den Kollaps der Sonne.

Der Gedanke an das Weltende ist immer ein Grund zum jähen Erschrecken, aber auch ein Grund, durch positives Transzendieren darüber hinwegzusteigen. Sgalambro hingegen sucht im Erschrecken nur die Demütigung, wenn er schreibt: »Allein der Bezug auf das Weltende ist die letzte Instanz, auf Grund derer die Universalität einer Maxime bewirkt werden kann... Die autonome Ethik ist eine humanistische Gaunerei.«

Die Sache ist als Erfahrungshorizont nicht neu: Wer an ein göttliches Prinzip oder an einen Schöpfer glaubt, der kann sich gegen die trostlose Quintessenz moderner Naturwissenschaften zur Wehr setzen. Wem dies nicht gelingt, der muß allerdings in der existentiellen Ungesichertheit, ja der Gewißheit des Weltendes etwas setzen, das ohne ihn nicht da wäre, also den Willen zum Leben, den Stolz, das humane Denken und Handeln. Dies ist eben die unverwechselbare Leistung des Menschen, oder besser: Er ist dadurch definiert, daß er eine Ethik, eine willentliche Humanität, die er aus dem kosmischen Blick nie und nimmer gewinnen kann, trotzdem setzt.

Sgalambro unterliegt einem logischen Widerspruch. Wenn er das ethische Bestreben, den aufrechten Gang als

Täuschung definiert, wenn sich ihm die Wahrheit des Menschen überhaupt erst »als Welt ohne den Menschen zeigt«, dann werden seine Prämissen, die sich auf die Existenz des Menschen beziehen, grundlos. Ich kann mich nicht auf ein Sein beziehen, dessen Wahrheit aus dem Zustand seines Nichtseins gewonnen werden soll.

»Die Geheimnisströmung der Welt« (Guardini) entsteht und erneuert sich im Dunkel der Geschichte, das undurchdringlich bleibt. Die Geschichtswissenschaft ist nur ein bruchstückhaftes, vergebliches Erinnern. Sie gleicht einem schwachen Licht, das in einen unerkannten Horizont hineinleuchtet, von dem wir wissen, daß er einmal bis zum Überdruß gegenwärtig und damit ohne jedes Geheimnis war.

Ich lese Bubers Schrift *Das dialogische Prinzip* und staune, wie selbstverständlich hier im Zeitalter der Relativitätstheorie Gottes Evidenz vorausgesetzt wird. Buber erweitert die Attribute, die Spinoza Gott zuerkennt, nämlich Geist und Natur zu sein, durch ein drittes, nämlich Person zu sein, und stellt sich so ungebrochen in die Tradition christlichen Philosophierens, für die es heute keine Voraussetzung zu geben scheint. Gelingt es uns, in Ansehung der erkannten Relativität der menschlichen Existenz, noch daran zu glauben, daß alles Sein von einem Gott erschaffen wurde und daß der Mensch, als Ebenbild Gottes, dazu ausersehen ist, sich in ebendieser Schöpfung zu bewähren?

Buber kommt es darauf an, daß der einzelne, um zu Gott zu gelangen, erst einmal die Annäherung an die Schöpfung leisten muß. Jedes weltverneinende Gottesbegehren nennt er Besessenheit. »Die Gottesbegegnung widerfährt dem Menschen nicht, auf daß er sich mit Gott befasse, sondern auf daß er den Sinn an der Welt bewähre.« Und: »Man heilt den Besessenen, indem man ihn zur Verbundenheit erweckt und erzieht, nicht indem man seine Besessenheit auf Gott hinleitet«, argumentiert Buber und hat damit einen wesentlichen Aspekt heutiger Gottesannäherung ausgegrenzt: »die Kierkegaardsche Verzweiflung«. Was Buber Kierkegaard ankreidet, nämlich daß er sein Gottesverständnis aus der Zerrissenheit, der Unvereinbarkeit seiner Lebenserfahrung definiert, dies macht Kierkegaards christliches Philosophieren aktuell.

Es ist die Angst, die hundert Jahre später noch einmal ganz entschieden und ohne religiöse Gewißheit aufbricht. Nicht die ruhige Zuversicht, daß sich Gottes Evidenz schon beweisen wird, sondern die Angst, daß es mit dem Sinn von Sein letzten Endes doch nur ein gottloses Bewenden haben möge, dies ist es, was den modernen Menschen existentiell umtreibt. Und hier käme die Theologie zu neuen Ufern: Die Angst vor dem Grundlosen erzeugt ein Gefühl von Gottesnähe. Selbst der überzeugteste Atheist kennt dieses Gefühl, wenn er die Rätsel der eigenen Existenz zu lösen versucht.

Allzuoft heißt es, die Italiener hätten keinen Sinn für metaphysische Abgründe. Immer noch hört man, sie seien die Erfinder des Belcanto, zu den melodischen Untiefen eines

Richard Wagner sei aber selbst ein Giuseppe Verdi unfähig gewesen. Dantes Terzinen der *Göttlichen Komödie* gelten als zu süßlich, Machiavelli wird zitiert, wenn es um die Erhaltung der Macht durch Hinterhältigkeit geht, und immer ist es die Mafia, die beweisen soll, daß die Italiener bereit sind, den Weg zum angenehmen Leben über das Verbrechen abzukürzen.

Aber diese Gedankenlosigkeit trügt. Nicht nur die Deutschen, sondern alle Europäer sind Ziehkinder der italienischen Zivilisation. Italien, ewiges Durchgangs- und Eroberungsland für unterentwickelte Barbarenstämme, hat den Europäern nicht nur das Straf- und Zivilrecht, sondern auch die schönen Künste, vor allem die Architektur aus der Antike herübergerettet. Dazu solch profane Dinge wie die Kanalisation und Wasserwirtschaft und die Grundlagen jener lebensnotwendigen und immer noch praktizierbaren Metaphysik, eben die christliche Religion.

Und wer glaubt, das tägliche Einerlei dieses Volkes wäre nicht, wie überall in Europa, über die Abgründe der Verzweiflung und des Nihilismus gespannt, der lese die täglichen Lokalnachrichten des *Corriere della Sera.*

Hier erfährt man nicht nur, wie andernorts auch, von den üblichen Machenschaften aus krimineller Energie, hier erfährt man, daß sich Jugendliche das Leben nehmen, weil ihnen die täglichen Greuelmeldungen im Fernsehen jeden Sinnzusammenhang rauben. Und hier erfährt man, daß die Italiener aus Empfindsamkeit fähig sind, jene Unbegreiflichkeit und Größe antiker Selbstverleugnung wieder heraufzubeschwören, die der europäische Rationalismus belächelt.

Nächstenliebe als Wille zum Untergang. Oder wie soll man die Ereignisse um jenen Mailänder Angestellten deuten, der, nach eingehendem Familienrat, seinem hoffnungslos kranken Sohn den Selbstmord, den dieser so sehr wünscht, aber nicht vollziehen kann, erleichtert, indem er bereit ist, mit ihm gemeinsam zu sterben?

Wer Strehlers Inszenierung von Strindbergs *Gewitterluft* am Piccolotheater gesehen hat, weiß, daß es zwischen dem Süden und dem Norden Europas, was den Sinn für metaphysische Abgründe betrifft, keinen, aber auch gar keinen Unterschied gibt. Im übrigen war es ein Italiener, es war Pirandello, der, neben Beckett, das europäische Theater um eine Dimension, nämlich die des tragischen Surrealismus, bereichert hat.

Es gibt für die Lebenslüge ein »Jenseits von Gut und Böse«. Sie nistet nicht nur in der Unerfüllbarkeit vieler Wünsche und Hoffnungen, und nicht nur der Arzt, der dem krebskranken Patienten den nahen Tod verheimlicht, auch der Stehgeiger im Café von Güstrow oder Magdeburg darf die Notwendigkeit einer Lebenslüge für sich gelten lassen. Hat er nicht das Konservatorium besucht, um wenigstens im Stadtorchester als erster Geiger im Rampenlicht zu stehen? Und ist er es nicht seiner Selbstachtung geradezu schuldig zu behaupten, Menuhin hätte nicht mehr Talent, sondern lediglich mehr Glück, soll heißen, bessere Beziehungen im Leben vorgefunden?

Jeder von uns hat ein Quantum von Stilisierung nötig. Dies nicht nur aus Eitelkeit. Es ist auch eine Art Schutz, wenn wir uns mit einer Aura umgeben, die es dem anderen unmöglich machen soll, auf den Grund unserer Befindlichkeiten zu sehen. Das Selbstwertgefühl greift zur Not, wo es sich nicht zu helfen weiß, zum Mittel der Täuschung, und wer das Wertesystem der Zivilisation gegen den Zufall der natürlichen Existenz in Rechnung stellt, muß jene in Schutz nehmen, die von Geburt an benachteiligt sind. Sie selber nehmen sich in Schutz, indem sie sich mit mehr oder weniger Erfolg »etwas vormachen«.

»Illusionen, Illusionen, sind das Schönste auf der Welt«, in diesem Schlagertext steckt mehr Anleitung zum Leben als in den Kompendien der sich aufklärerisch gebenden Philosophie, und die Literatur beweist immer wieder, da ihr Interesse auf den konkreten Menschen ausgerichtet ist, daß sich der Benachteiligte mit der Lebenslüge eine Fluchtburg schafft, die ihm unter Umständen das Überleben sichert.

Die Philosophie setzt seit jeher einen Unterschied zwischen dem Relativen und dem Absoluten. Es ist der Unterschied zwischen dem Lebendigen und dem Gedachten, wobei das Gedachte alles Lebendige qualitativ übersteigen soll. Von Schopenhauer kennen wir den Hinweis, daß allein schon die freudlose Existenz eines Maulwurfs als Beweis dafür dienen kann, daß sich das Leben kaum lohnt.

Hier unterstellt die Philosophie der Wirklichkeit einen Sachverhalt, den sie selbst in die Welt gesetzt hat. Was vor dem Absoluten nicht besteht, soll auch an der eigenen Relativität kein Genüge haben. Mit anderen Worten: Schopenhauer unterwirft die Lebendigkeit des Maulwurfs der Rigorosität seiner abstrahierenden Vernunft. Er versucht das Absolute als Gegebenheit dem Relativen überzuordnen.

Nun ist das Absolute oder die Idee oder das Allgemeine gar keine Gegebenheit. Wo das »Ding an sich« bei Kant oder der »blinde Wille« bei Schopenhauer oder der »absolute Weltgeist« bei Hegel, aber auch Kierkegaards Unendlichkeitsbegriff, als Unerkennbarkeit gesetzt werden, gehören sie dem Bereich der Vorstellungswelt an. Es sind und bleiben Schimären des Bewußtseins, und das Bewußtsein wird zum Verhängnis, wo es versucht, das Besondere, Lebendige, also jede Einzelheit, einem lediglich Erdachten gegenüber abzuwerten.

Der Maulwurf, könnte man Schopenhauer antworten, hat Glück, daß er keine Vorstellung vom Absoluten entwickeln kann. Und man wundert sich, daß Schopenhauer dem Intellekt lediglich die Möglichkeit zur Täuschung zubilligt, um mit dem Resultat einer solchen Täuschung, nämlich dem »All-Einen« gegen alle lebendige Individualität zu polemisieren.

Offenbar gehört zur Fähigkeit des Abstrahierens auch die Unfähigkeit, sich dem Zwang zum Autoritären zu entziehen. Auch in Hegels *Phänomenologie des Geistes* sind die Rollen autoritär verteilt. Zwar hat die Idee, um sich den Gegebenheiten anzunähern, die Hilfe der einfachen Anschauung nötig, aber Hegel definiert dies ausdrücklich als »Herr-Knecht-Verhältnis«.

Ist der Unterschied, den die Philosophie zwischen dem Absoluten und dem Relativen setzt, nun purer Unsinn? Diese Frage ist nicht zu beantworten. Offenbar aber setzt der Intellekt hier eine Antinomie, die ihre Lebensfeindlichkeit hinlänglich unter Beweis gestellt hat. Ideen bleiben Schall und Rauch, solange sie nicht von der gegebenen Einzelheit aufgegriffen und damit ins Leben gesetzt werden. Und auch das vorgestellte Absolute kann sich einer solchen Probe aufs Exempel nicht entziehen.

Das verbrecherische Elitebegehren der Nationalsozialisten hat den Begriff Elite in Deutschland nachhaltig in Verruf gebracht, und das ist richtig so. Wir brauchen keine Elite, deren Selbstverständnis auf Aussonderung, bestenfalls Herabsetzung all jener besteht, denen ein Elitebegehren fremd ist oder die die berechtigte Sorge haben, daß ihnen irgendeine Schwäche oder mangelnde Begabung als Makel angelastet werden soll. Bekenntnis zu Humanität bedeutet eben, den Zufall der Natur, der den einen begünstigt, den anderen benachteiligt, im praktischen Leben, im täglichen Miteinander nicht gelten zu lassen.

Nun wäre es naiv anzunehmen, daß mit dem Elitebegehren auch die Elite abgeschafft werden soll. Vielmehr wird hier eine Unvereinbarkeit sichtbar, die sich der Mensch durch die Zivilisation herangezüchtet hat. Zivilisation ist ja nicht eine Gelegenheit zur Gleichmacherei. Zivilisation bedeutet auch, daß sich der einzelne dem Zwang zum Klassifizieren unterordnet, und wenn wir Eigenschaften wie Kreativität, innovatives Verhalten, Unternehmergeist als unumgängliche Attribute des Fortschritts definieren, denken wir an die Leistungsfähigkeit weniger.

Macht es also Sinn, aus Gründen der Humanität oder um niemanden in seinem Selbstverständnis zu kränken, macht es Sinn, sagen wir, alle Unterschiede zwischen Albert Einstein und dem sprichwörtlichen Lieschen Müller einzuebnen? Es macht keinen Sinn, und es gibt nur einen Weg, die Unvereinbarkeit, die uns das Wertesystem der Zivilisation aufzwingt, auszugleichen – den der Toleranz. Daß Einstein ein Genie war, bleibt vor der Tatsache jeder anderen, normaleren menschlichen Existenz unerheblich, vor den zivilisatorischen Bedingungen dieser Tatsache wird es zum Kriterium, das es auszuhalten gilt.

Nun könnte man sagen: Daß Einstein das sprichwörtliche Lieschen Müller toleriert, wäre im Zweifelsfalle eine Galanterie, aber wieso hätte Einstein die Toleranz mittelmäßiger Leute nötig? Wer das Elitebegehren der Nationalsozialisten als Erfahrung gelten lassen will, der muß zugeben, daß sich hier ein bis zum kollektiven Wahn gesteigerter Minderwertigkeitskomplex Geltung verschaffen wollte und zwar mit den Mitteln des industriellen Totschlags.

»Der Durchschnitt frißt die Beispiele«, diese Redewendung kommentiert die Nürnberger Gesetze auf das genaueste, denn der Holocaust an den Juden war vor allem ein Vernichtungsfeldzug gegen die Errungenschaften des europäischen Geistes. Hitler hat kurz vor seinem Selbstmord eingestanden, daß sein Judenhaß kein Rassenproblem, sondern ein Problem der Geisteshaltung gewesen sei.

Und hier schließt sich der Kreis. Albert Einstein hätte die Toleranz jener mittelmäßigen Leute in SA- und SS-Uniform allerdings bitter nötig gehabt, und so wie man Nietzsches Elitebegehren gegen die »Vielzuvielen« mit dem Hinweis auf die existentielle Nichtigkeit jedes Elitebegehrens zurückweisen muß, so ist es unumgänglich zu wissen, daß uns der Zwang zum Klassifizieren, den die Zivilisation erzeugt, zur gegenseitigen Achtung und Rücksichtnahme, eben zur Toleranz verpflichtet.

Nicht Nietzsches Ruf nach dem »ausersehenen Menschen«, sondern Lessings »Ohn Ansehn der Geburt« sollte das Verständnis zwischen den so unterschiedlich begabten Zeitgenossen herzustellen versuchen, wenn es wieder einmal darum geht, in der allgemeinen Drängelei nach Ruhm, Macht, Erfolg, Ansehen die durch den Zufall der Natur begrenzten oder unbegrenzten Mittel rigoros gegeneinander einzusetzen.

Das 20. Jahrhundert hat den Begriff des Bürgerlichen politisch stigmatisiert. Der bourgeoise Lebensstil galt als Synonym für parasitären Wohlstand, für skrupelloses Besitzstreben. Der Marxismus definierte das Bürgertum als Klasse der Expropriateure, die den Lohnarbeiter seelisch und materiell niederhielt. Alle maßgeblichen Gesellschaftstheorien des ausgehenden Jahrhunderts, ob kommunistisch oder faschistisch, propagierten den politischen Kampf gegen das Phänomen der Bürgerlichkeit, das mit der kapitalistischen Produktions- und Distributionsweise gleichgesetzt wurde.

Heute wissen wir, daß die Stigmatisierung des Bürgertums ein Fehler war, dessen Folgen irreparabel sind. Und das Bekenntnis zur Bürgerlichkeit erscheint uns wie ein trauriger, ja verzweifelter Versuch, auf das letzte goldene Zeitalter der Zivilisation zu verweisen.

Es war ein durch Wissenschaft und Pseudowissenschaft legitimierter, aber deswegen nicht weniger verhängnisvoller

Irrtum, Bürgertum und Kapitalismus gleichzusetzen und alle zivilisatorische Vernunft ausschließlich den Sozialbewegungen der besitzlosen Klassen zuzuweisen. Wer Bürgerlichkeit mit kapitalistischem Gewinnstreben gleichsetzt, der verfälscht die Geistesgeschichte der letzten Jahrhunderte, deren Quintessenz an Deutlichkeit nichts zu wünschen übrigläßt: Die kapitalistische Produktionsweise hat überlebt, das Phänomen der Bürgerlichkeit wird immer stärker ins anachronistische Abseits verwiesen.

Bürgerlichkeit: Das barocke und aufklärerische Lebensgefühl war ein für allemal aufgezehrt. Es blieb bei der neuen Grundstimmung, der Melancholie. Die Kunst hat daran ausgiebig partizipiert. Die Neuromantik Wagners und Bruckners gab der Verinnerlichung eine neue Dimension der Dekadenz, die der Absolutismus nicht kannte, und die Verfeinerung des Selbstgefühls setzte sich bis Mahler und bis zu dem frühen Schönberg fort. Der Nonensprung in Bruckners 9. Symphonie kann als Auftakt der Moderne in der Musik gelten. Strindberg und Nietzsche, zwei vom Irresein Gezeichnete, grüßen einander von weit her, von Turin nach Paris, wo die Bohème in Armut, Absinth, Schwindsucht das belebende Element der neueren Malerei bildet. Dostojewskis neurotische Gestalten ziehen wie Gespenster auf. Für Munch sind Krankheit und die Gewißheit des Todes jene Segel, die ihn einzig sicher leiten. Čechov erkundigt sich in einem seiner frühen Theaterstücke im wörtlichen Sinne nach Schopenhauer. Seine Meistererzählungen bezeugen mit Anmut und Behutsamkeit ebenjene pessimistische Weltsicht, die Goethe so sehr gefürchtet hatte, und wenn wir den Bogen an den Anfang des 19. Jahrhunderts zurückspannen, sehen wir, wie Kleist sich an seinen letzten Anstrengungen zur Klassizität abarbeitet und wie Büchner mit seinem *Woyzeck* und seinem *Lenz* an die Pforten einer modernen, sich gerade konstituierenden Psychiatrie pocht.

Kleist, Baudelaire, Verlaine, Heym, Trakl, sie alle bezeugen ein Lebensgefühl, das Heidegger 1926 als »selbstgewisse, sich ängstigende Freiheit zum Tode« beschreiben wird. Dies ist die kulturelle Hinterlassenschaft des als bourgeois stigmatisierten Zeitalters, und wie bescheiden, um nicht zu sagen jämmerlich, nehmen sich dagegen die kulturgeschichtlichen Leistungen der ideologisch motivierten Sozialbewegungen aus!

Der historische Materialismus ist ein Ziehkind der Hegelschen Geschichtsphilosophie. Aber wo Hegel noch die lebendige Einheit des Absoluten mit dem Konkreten gelten läßt, unterwirft der historische Materialismus den einzelnen der einschüchternden Idee seiner Heilslehre. Wo Hegel dem erkennenden Subjekt noch die Freiheit zum Irrtum zubilligt, dort setzt der historische Materialismus schon das Recht zur Reglementierung. Überhaupt sind Hegels Deutungen der Geschichte keine Gelegenheit zu Repressalien. Die Weltvernunft, die er setzt, ist transzendent gemeint und damit dem Verfügungsbegehren der politischen Macht entzogen. Hier kann der einzelne zur rechten Erkenntnis gelangen oder nicht, ohne fürchten zu müssen, vor ein Erschießungskommando gestellt zu werden. Sicher, auch Hegels Geschichtsphilosophie muß als Versuch verstanden werden, die flüchtige Wirklichkeit teleologisch umzudeuten, aber für Hegel war die Geschichte ein »Fortschreiten im Bewußtsein der Freiheit«. Und was das allerwichtigste ist: Hegel definiert die Existenzstruktur des einzelnen ausdrücklich als Bewußtseinsphänomen, und damit wird dessen Bedürftigkeit nicht materialistisch eingebunkert. Das Hegelsche Bewußtsein sucht zwar nach den Wegen einer vorgezeichneten Vernunft, schließt aber alle Irrwege, selbst jene, die in der Selbstnegation enden, nicht aus. Dem historischen Materialismus ist die Geschichtsphilosophie immer nur ein Mittel, um sich die eigene Legitimität zu sichern.

Für Heidegger ist der gedankliche Vorlauf zum Tode jene Emanzipation, die der einzelne gegen das kollektive Bewußtsein, in das er verstrickt ist, leisten muß. Ihm ist die Gewißheit des Todes jene existentielle Bedingung, die das Bewußtsein für die Möglichkeiten des konkreten Lebens überhaupt erst schärft, und vielleicht sollte man jedem Manager, der sich bis zum Dauerstreß für irgendeine dritte, kommerzielle Sache abarbeitet, einmal empfehlen, einen solchen Hinweis ernst zu nehmen.

Wir sterben alle den Managertod, heißt es zynisch, und hier sind wir im Zentrum jener verhängnisvollen Verdrängung, die uns nicht nur die Angst, sondern auch die Phantasie zum Tode und damit die Freiheit nimmt, unser kurzes Leben selbst zu bestimmen. Man redet davon, daß der einzelne unter seinen gesellschaftlichen Bedingungen leidet. Zuallererst aber leidet er unter der eigenen Selbstvergessenheit, und Selbstvergessenheit bedeutet auch, daß wir jeden Gedanken an den Tod nicht als Lebensstimulans begreifen, sondern als Aufforderung, das eigene Ende möglichst zu verdrängen.

Heidegger: »Man sagt. Der Tod kommt gewiß, aber vorläufig noch nicht. Mit diesem ›aber‹... spricht das Man dem Tod die Gewißheit ab ... Die Alltäglichkeit drängt in die Dringlichkeit des Besorgens und begibt sich der Fesseln des müden, ›tatenlosen Denkens an den Tod‹. Dieser wird hinausgeschoben auf ›ein später einmal‹ und zwar unter Berufung auf das sogenannte ›allgemeine Ermessen‹. So verdeckt das Man das Eigentümliche der Gewißheit des Todes, da er jeden Augenblick möglich ist.«[8]

Sartre hat Heidegger vorgehalten, daß der Tod ein zu schreckliches, endgültiges, eben absolutes Daseinsphänomen sei, hierüber verbiete sich affirmatives Philosophieren. Aber wie sollte man Phänomene gedanklich danach sortieren, ob sie existentiell zumutbar sind oder nicht? Der Tod ist in jedem Falle unzumutbar, aber er geschieht. Dennoch: In einem muß man, auch wenn man entschlossen ist, das eigene Sein zum Tode mit aller lebensbejahenden Konsequenz anzunehmen, in einem muß man Sartre recht geben: Heideggers »selbstgewisse und sich ängstigende Freiheit zum Tode« ist eine Aufforderung zum heroischen Nihilismus, die nicht jeder leisten kann, und seine Forderung, sich aus der, zugegeben oft gedankenlosen Geborgenheit des täglichen Für- und Nebeneinanders zu lösen, ist gegen jene gerichtet, die das kollektive Bewußtsein als Fluchtburg benutzen und verteidigen, weil sie dem gedanklichen Vorlauf zum Tode psychisch nicht gewachsen sind.

Hier unterschätzt Heidegger die Wucht der metaphysischen Not, die er mit der Bemerkung, bewußte Existenz sei

»primär ungestützt«, zur Seite schiebt. »Selbstgewisse und sich ängstigende Freiheit zum Tode« heißt eben auch, daß man fähig und willens wird, über den erkannten Abgründen des von Heidegger so schonungslos herbeizitierten Nichts Netze und Seile zu ziehen, die, wenn auch nur für kurze Zeit, vor der Verzweiflung schützen.

Bewundernswert, wie leicht, unbedenklich, aber immer geistreich die neuere französische Philosophie mit den Erfahrungen der Wirklichkeit umzugehen weiß, und besonders Jean Baudrillard hat nicht nur den Gesellschaftswissenschaften, er hat auch der Literatur wertvolle Anstöße gegeben. Baudrillard behauptet in seiner Schrift *Das Jahr 2000 findet nicht statt,* daß die erfahrbare Wirklichkeit und damit die Möglichkeit zur Geschichte durch die wachsende Geschwindigkeit der Kommunikation zur Simulation gerät.

»Keine menschliche Sprache«, so Baudrillard, »verträgt Lichtgeschwindigkeit. Kein historisches Ereignis verträgt seine weltweite Verbreitung. Kein Sinn verträgt seine Beschleunigung. Keine Geschichte verträgt das Zentrifugieren der Fakten... Genau das nenne ich Simulation.«

Simulation wäre also das pure Vortäuschen von Wirklichkeit und Geschichte, nachdem wir sie in eben dieser Täuschung haben verschwinden lassen. Die Medien, die die Welt als Abziehbild verbreiten und nicht die Welt selbst, haben wir nachprüfbar vor Augen, dies wäre die Kernthese Baudrillards. Es ist ein seitenverkehrter Hegelianismus. Da ihm die Welt so unerträglich, so unvernünftig scheint, wünscht er, sie hätte sich selbst als Wirklichkeit verlassen.

Die Sache ist indessen ernster. Alles, was Baudrillard zu Recht beklagt – die wachsende Uneigentlichkeit der Dinge und Erscheinungen, ihre Verdoppelung durch Simulation, ihre Undurchschaubarkeit, die durch raffinierte Reproduktionstechniken noch gesteigert wird –, dies alles ist die neue, durchaus vernunftbegründete Wirklichkeit des Menschen, die er, bei Strafe des eigenen Untergangs, beherrschen lernen muß. Ansonsten gilt immer noch: Auch wer der Welt ihre Begriffe entzieht, macht sie noch lange nicht darin verschwinden.

Es ist der jeweilige Zeitgeist, der über das Vermögen oder Unvermögen zur Ethik entscheidet. Jene, die ihre humane Gesinnung als Kantsches Apriori dem Zufall der Zeit entziehen wollen, werten ihre Person zwar auf, aber es ist eine Aufwertung, die den Beweis schuldig bleiben muß. Man versucht, ausschließlich im Fahrwasser der ethischen Vernunft zu schwimmen, wobei der jeweilige Zeitgeist, in dem sich eine solche Vernunft zu realisieren hätte, mühelos übergangen wird. So entsteht kein wirklicher Wille zur Ethik. Es entsteht eine Forderung nach Ethik als zeitlos vagabundierende Rechthaberei.

Es wäre vermessen zu behaupten, jeder hätte der faschistischen Bewegung, und vor allem dort, wo sie sich einen idealistischen Anschein gab, widerstehen können. Benn, Hamsun, Cioran, Pirandello, die Aufzählung ließe sich fortsetzen, sie alle waren dazu nicht in der Lage. Das gleiche gilt für den Kommunismus. Brecht, Eisler, Heinrich Mann, ja Thomas Mann, sie alle hatten einer inhumanen Ideologie

Aspekte der ethischen Vernunft untergeschoben. Und es ist kein Verdienst, sich nach Auschwitz oder nach der Entdekkung des Archipel Gulag einem rigorosen Humanismus zu verschreiben.

Vielmehr stellt sich die Frage: War es eine Illusion von Kant, den kategorischen Imperativ als Apriori der menschlichen Vernunft zu setzen? Oder ist die Ethik nicht vielmehr ein Gespenst des Aposteriori, das ewig zu spät kommt? Sind wir immer nur fähig, die Ethik nach ihrem Scheitern in aller Radikalität neu zu entdecken? Kann die Ethik überhaupt ein Ansich geltend machen, das sich als Kontinuität im menschlichen Mit- und Nebeneinander realisieren ließe?

Jedes Ansich entsteht aus der Abstraktion. Real wird die Ethik ausschließlich in ihren konkreten gesellschaftspolitischen Metamorphosen, also in der Diskontinuität der Zeit. Und leider bedeutet dies allzuoft, daß sie dabei bis zur Unkenntlichkeit mißbraucht wird. Es gibt nur wenige Ausnahmen, denen es gelingt, sich diesem Prozeß aus Zivilcourage zu entziehen. Die meisten passen sich an und orientieren sich damit an der Ethikauslegung des jeweiligen Zeitgeistes.

Das heißt, und man muß es schonungslos aussprechen: Für den SS-Mann war die Judenausrottung eine Sache der rassischen Moral. Für den NKWD-Mann war der Genickschuß gegen Oppositionelle eine Sache revolutionärer Pflichterfüllung. Für den Rote-Khmer-Kämpfer war jeder erschlagene Intellektuelle ein Indiz für soziale Gerechtigkeit. Ändert sich der Zeitgeist, wird er menschenfreundlicher, dann kann es vorkommen, daß derselbe SS-Mann seine Verbrechen bereut, daß der NKWD-Mann nachts aus

Alpträumen hochschreckt, daß der Rote-Khmer-Kämpfer versucht, als friedfertiger Straßenhändler sein schlechtes Gewissen zu überdauern. Und hier wird das Ansich der Ethik wieder sichtbar. Da es als Apriori versagt hat, erscheint es als Aposteriori im vollen Glanze seiner Abstraktion. Aber immer als Muster ohne Wert. Es kann in seinem konkreten Mißbrauch nicht verschwinden oder verschlissen werden. Das Ansich der ethischen Vernunft bleibt unberührbar. Es ist ein Gedachtes, Vorgestelltes, es gehört der Fähigkeit des Menschen an, das humane Versprechen, wo es praktisch nicht gelingen kann, wenigstens ins Absolute zu transzendieren.

Während der öffentlichen Dauerehrung des verstorbenen Dramatikers Heiner Müller entdeckte ich im *Tagesspiegel* eine Fotografie des toten Robert Walser. Er war während eines Spaziergangs im Schnee zusammengebrochen. Er hatte seinen Hut verloren, zwei Zivilisten begutachten seine Leiche aus der Höhe eines gesicherten Weges. Beim Umblättern wieder Heiner Müller mit der obligatorischen Zigarre und dem soundsovielten Nachruf. Hier also die um sich greifende Hysterie um einen Erfolgreichen, dort die Erinnerung an einen Erfolglosen, einen, der sich, weil seine Leserschaft ausblieb, in eine Schweizer Irrenanstalt zurückgezogen hatte. Müller stand in der Tradition einer geschichtsphilosophischen Ästhetik, Walser meinte die Not und das Elend des einzelnen, und so hat jeder sein eigenes aus dem Spezifischen seiner Weltsicht vorbestimmtes Begräbnis gefunden.

Die Deutschen protegieren seit jeher die Poeten der großen Form, eben die Verfechter einer Ästhetik aus geschichtsphilosophischer Ambition. Wer seit dem Sturm und Drang des 18. Jahrhunderts etwas auf sich hielt, der sicherte sich die Bühne als moralische Anstalt, als Schaukasten dramatisierter Begriffe und Reflexionen. Die Versuche, den Menschen auch aus seinem psychologischen Wahrheitsgrund zu verstehen, blieben in ihren Anfängen stecken. Maximilian Klinger oder Jakob Lenz, aber auch Hölderlin wurden von den Weimarer Klassikern im Willen zur geschichtsphilosophischen Poesie überrollt und aus dem öffentlichen Bewußtsein gedrängt. Wir kennen den vagen, halbherzigen Versuch Goethes, einen Text von Hölderlin in den *Horen* unterzubringen, und wir wissen, wie abschätzig Schiller darauf reagierte.

Daß Lenz irgendwo auf einer Moskauer Straße umkam, war schon das natürliche Ende eines Stückeschreibers, der nicht fähig oder willens war, sich zur großen, blankversgesteuerten Form des Schönen, Wahren, Guten aufzuschwingen, und daß Goethe sich für berechtigt hielt, Kleists *Penthesilea* ins Kaminfeuer zu werfen – es war eben die Geste des Klassikers gegenüber der Willkür und den Unarten eines verstockten Jünglings, der die große Form durch die Erfahrungen des Subjektiven bereichern wollte.

»Kafka schrieb Siechenhausliteratur«, mit diesem Verdikt versuchen heute noch neoklassizistische Schriftsteller der ehemaligen DDR ihre geschichtsphilosophischen Ambitionen zur Kunstform zu erklären, und was man während der Totenehrung Heiner Müllers hören durfte, war auch wieder nur die auftrumpfende Versicherung, daß hier jemand sein Gesamtwerk als Chiffre des Jahrhunderts verstanden wissen wollte.

Ulbrichts Zuruf an die sozialistischen Schriftsteller: »Schreibt den dritten Teil des Doktor Faustus«, hier schien er noch einmal gegenwärtig, und das Begräbnis Müllers, die unwürdige Rangelei am Friedhofseingang, wo die Prominenz von der Nichtprominenz geschieden wurde, verrieten wieder einmal die Sehnsucht des deutschen Poeten, in den (möglichst kulturpolitisch abgesicherten) Klassikerhimmel zu gelangen. Bertolt Brecht wurde bei seiner Grablegung vom gesamten Politbüro der SED geehrt, ein letzter Abglanz aus der Zeit des modernen Absolutismus fiel auch auf Heiner Müller.

Wie gesagt, die Deutschen protegieren seit jeher den Poeten der großen Form, jener Form, in der das Dichterwort das öffentliche, möglichst staatsmännische Gehabe mit einschließt. Undenkbar also, daß Kafka, dessen Arzt am Totenbett nicht einmal wußte, daß er Schriftsteller war, undenkbar, daß Robert Walser von irgendeinem Repräsentanten politischer Macht zu Grabe getragen worden wäre. Sie blieben, obwohl eben auch Chiffren unseres Jahrhunderts, dem Leben auf der Spur, ohne daraus das Recht auf ein öffentliches Gerede abzuleiten. Sie schrieben aus der Erfahrung ihrer verschwiegenen Subjektivität, und diese Erfahrung ist den Deutschen immer noch »kein Ziel, aufs Innigste zu wünschen«.

Die Naturdinge sind ohne Bedeutung, es sei denn, das Bewußtsein diktiert ihnen etwas Bedeutsames zu. Das italienische Fernsehen übertrug dieser Tage eine Szene, die dies deutlich werden ließ: Während Teile der Basilika von Assisi zusammenstürzten, stand ein Mönch vor dem Eingang, aus dem Staubwolken quollen. Er bekreuzigte sich. Es war, als müsse er den heiligen Ort, an dem sich ein Naturgeschehen vollzog, mit einer solchen Geste schützen, und offensichtlich erschrak er darüber, daß der Kirche durch das Erdbeben jeder Sinn entzogen wurde. Statt Zuflucht fanden vier Männer den Tod. Die Erdbeben in Mittelitalien unterwarfen sich ausnahmslos die berührte und unberührte Natur und ebneten damit auch jene Sinngebung ein, die das Bewußtsein den Naturdingen zudiktiert.

Die Sinngebung durch das menschliche Bewußtsein wird zur Fata Morgana, wo wir am Naturgeschehen die Gleichgültigkeit zu leugnen beginnen. Hier wird der Natur ein Vernunftbegehren unterstellt, das ausschließlich der menschlichen Existenz gegeben ist: Das anthropologische Geschehen soll einen Sinn haben. Der Tod soll die Unsterblichkeit nach sich ziehen. Im Himmel soll es gerechter zugehen als auf Erden, und wo wir eine Kirche errichten, dort soll Gott anwesend sein.

»Das Geheimnis der Theologie ist die Anthropologie.« Mit dieser Behauptung hat Ludwig Feuerbach das »Wesen des Christentums« in das Reich menschlicher Projektion verwiesen. Mit Feuerbach endet, meines Wissens, jeder weitere Versuch, die Existenz Gottes erkenntnistheoretisch abzusichern.

Der Atheismus nimmt dem Christentum vor allem die

Zuweisung des Sittlichen in die Omnipotenz übel. Damit, so argumentiert Feuerbach, verliert der Mensch seine ethische Souveränität. Dieses Argument hat sich als Täuschung erwiesen. Der Mensch ist offenbar nicht imstande, seine ethischen Ambitionen als Kontinuität durchzuhalten. Der augenblickliche Zustand der Welt macht es geradezu wünschenswert, den Willen zur ethischen Vernunft einem höheren Prinzip zuzuweisen, damit er nicht im Fegefeuer des alltäglichen Nihilismus aufgebraucht wird. Nur indem der Mensch seinen Willen, besser sein Vermögen zu sittlichem Handeln in eine Vorstellungswelt projiziert, kann er die Abgründe seiner destruktiven, schulderzeugenden Natur immer wieder überwinden. Dabei macht es keinen Unterschied, ob er das Sittliche als Kategorischen Imperativ oder als Eigenschaft einer vorgestellten Omnipotenz setzt.

Wichtig bleibt, daß der Mensch auf bußfertige Weise von sich selbst abstrahieren kann. Der Gottesgedanke hindert uns also nicht daran, die Zivilisation zu bessern. Im Gegenteil: Das Christentum sichert sich so, und dies nun schon über zweitausend Jahre hinweg, ein ethisches Gedächtnis.

Bleibt die Frage: Ist das Geheimnis der Theologie wirklich nur die Anthropologie? Und bleibt uns, nachdem sich die Existenz Gottes erkenntnistheoretisch nicht absichern läßt, wirklich nur die anschauliche, aber trostlose Realität, die dem Geiste des Nihilismus entspricht?

Hans Küng hat noch einmal eindringlich versucht, eine »Antwort auf die Gottesfrage der Neuzeit« zu geben. Sein Buch *Existiert Gott?* liest sich wie eine enzyklopädische Auflistung wichtiger Erkenntnistheorien und deren Ergänzung durch die Philosophie, eine Auflistung zur Frage, ob die Existenz Gottes damit bewiesen oder widerlegt werden kann.

Nun sind derlei Fragen heute insofern tautologisch, als sie sich ausschließlich auf das Problem des Absoluten beziehen. Es gibt überhaupt nur noch einen Berührungspunkt zwischen striktem Erkenntniswillen und Theologie: eben den des Unerkennbaren. Was Schopenhauer Epiphilosophie nennt oder Heidegger den Sinn von Sein oder was Leibniz mit der Frage »Warum ist überhaupt Sein und nicht vielmehr nichts?« umreißt, dies ist eben als Eingeständnis zu werten, daß wir vor der Grunddefinition unserer Existenz, da wir sie nicht zu leisten vermögen, frei sind. Frei in der Entscheidung zum Nihilismus, aber auch zum von Küng geforderten Grundvertrauen: Daß Gott existiert und daß das Sein als Schöpfungsakt aus dem Omnipotenten einen Sinn hat.

Nur: Aufgeklärte Theologie sollte ihrer Entscheidung nicht wieder den Anschein von Freiheit nehmen, indem sie eine Zuversicht suggeriert, die Feuerbachs berechtigte Kritik am »christlichen Gemüt« schon überwunden hat. Der Glaube an Gott ist keine Gemütssache, sondern eine Entscheidung, die die Unsicherheit des zweifelnden Verstandes aushalten und somit bei sich behalten muß. Insofern bleibt Küng mit seinem Argument, die Wirklichkeit selbst hätte Offenbarungscharakter, hinter Pascal zurück, der vorschlägt, auf die Existenz Gottes eine Wette zu wagen. Und zwar voraussetzungslos, ohne die Sicherheit einer Offenbarung und, wenn es sein muß, auch unter den Vorbehalten der kritischen Vernunft.

Man hat die Überlieferungen des biblischen Geschehens jahrhundertelang dazu benutzt, um die Juden, und nicht nur die Pharisäer unter ihnen, als Gottesmörder zu stigmatisieren, und man sollte sich nicht täuschen: Die neue Religionsfreiheit in Osteuropa erzeugt wieder den alten Antisemitismus, ebenjenen Haß auf die Juden, der sich auf die überlieferten und unkorrigierbaren Zeugnisse der Evangelisten beruft. Die christlichen Kirchen täten gut daran, die Mißverständnisse, die durch die neutestamentlichen Überlieferungen entstehen, ernst zu nehmen. Zum Beispiel durch Interpretationshilfen, die darauf hinweisen, daß jedes Transzendenzgeschehen, also auch die Kreuzigung und Auferstehung Christi, alle gesellschaftlich konkreten Verhältnisse, unter denen es stattfindet, nicht nur übertrifft, sondern in den Bereich des Zufälligen und damit Unerheblichen verweist.

Religiöses Denken vollzieht sich in der Verallgemeinerung. Oder anders gesagt: Das Geschehen um Jesus Christus ist, jenseits aller konfessionellen Gebundenheit, eine Metapher, die den eigenen Realitätshorizont auf transzendente Weise übersteigt. Streicht man diese Verallgemeinerung, bliebe, was uns die Bibel überliefert, allerdings nur ein provinzielles Ereignis aus der Zeit des Augustus, und Pontius Pilatus hätte mit seiner Vermutung recht behalten: nämlich, daß sich hier ein paar aufgeregte Pharisäer eines harmlosen, aber hartnäckigen Spinners hatten entledigen wollen. Dies wäre die Sicht aus der Perspektive striktester Faktizität, aber darauf allein ließe sich keine Religion gründen.

Und doch wird, was die neutestamentlichen Zeugnisse

betrifft, neuerdings wieder positivistisch argumentiert. Man tut so, als wäre das Leben und Sterben des Jesus von Nazareth eine Frage wissenschaftlicher Reproduzierbarkeit, als wären die Prämissen des Christentums eine Sache der Logik oder des gesunden Menschenverstandes, obwohl ersichtlich ist, daß Religionen ihren Wahrheitsgrund einzig in der metaphysischen Bedürftigkeit, also in der Vorstellungswelt, und nicht im Bereich des Empirischen geltend machen können (und wollen).

Der Intellekt ist der Vater des Relativen. Selbst wo er etwas setzt, weiß er nie sicher, was er eigentlich gesetzt hat, und dies scheint mir der nähere Grund dafür zu sein, warum wir das Sittliche nur in einer flüchtigen, metaphysischen Form bei uns behalten können. Der Intellekt kommt zur Ruhe, wo er transzendiert. Wo er zum Beispiel das Absolute denkt, entsteht eben das in seiner Abstraktheit aufgehobene Sittliche, an dem wir immer wieder konkret partizipieren können, das uns aber, wenn wir es unter dem Zugriff des Gedanklichen sichern wollen, zur Ideologie verkommt.

Wir leben im Zeitalter der Meinungsvielfalt. Jeder darf sich eine eigene Meinung bilden. Über das Wetter, den Nachbarn, das politische Spektrum des Abgeordnetenhauses. Geht die Sache allerdings über das Private hinaus, beginnt die Reglementierung durch öffentliche Meinungsführerschaft. Zwar haben wir die Pressefreiheit, aber durchaus nicht die Freiheit, davon Gebrauch zu machen, und oft ist der Meinungspluralismus, der uns aus dem Zeitungskiosk entgegenleuchtet, lediglich eine Fata Morgana. In der Welt des Journalismus beherrschen einige wenige Blätter das Geschehen am Markt, und es ist das Phänomen der Meinungsführerschaft, das wie ein Verhängnis wirkt, denn zuallererst führt Meinungsführerschaft im Journalismus zu einer Verengung der Wahrnehmungsfähigkeit. Es ist dies mit einem Megaphon vergleichbar, das jede natürliche Stimmlage übertönt. Das öffentliche Gerede, ohnehin schon an der Trendmeldung statt am Kommentar ausgerichtet, wird nochmals kanalisiert, und so entsteht statt der Kontinuität des Überblicks die Kurzatmigkeit des jeweils aktuellen Zurufs. Man erfährt und nennt Namen, Vorfälle, Sachverhalte, die einem Tag für Tag zugerufen werden, alles andere bleibt unter einer zwar präsenten, aber ungenutzten Informations- und Meinungsvielfalt wie unter einem Berg unverkäuflicher Ladenhüter begraben.

Wo die Meinungsführerschaft gesichert erscheint, beginnt die Arroganz der Macht. Besonders im Feuilleton und auf den Literaturseiten überetablierter Blätter gehört es unterdessen zur Methode, Meinungsgegnerschaft nicht mehr anzunehmen oder auszutragen, sondern durch Schweigen zu übergehen, und solange die Öffentlichkeit ein Gespür dafür behält, bleibt dies mit einer gewissen Anstrengung verbunden. Was aber, wenn auch diese Anstrengung unnötig wird, weil in der erfolgreichen und skrupellos erzeugten Meinungsführerschaft die andere, die aus Gegnerschaft entstandene, aber am Markt unterlegene Meinung bis an den Rand der Wahrnehmbarkeit gedrängt worden ist? Der Boykott unangepaßter Meinungen, das herablassende Verschweigen unbequemer Zeitgenossen, das Verbieten-Wollen dem Zeitgeist widersprechender geistiger Aktivitäten, dies sind, wie gesagt, Assoziationen, die einen überfallen, wenn man bei seinem Zeitungshändler täglich die renommierten Zeitungen seiner Wahl aus dem Überangebot unbeachteter Informations- und Meinungsvielfalt herausfischt.

Wer den Bundespräsidenten und andere Repräsentanten des Staates im Fernsehen verfolgt, der gewinnt oft den Eindruck: Hier bleiben alle Amtsinhaber auf demokratische Weise farblos, auswechselbar, durch die Beliebigkeit der Medien irgendwie gleichgeschaltet. Es entsteht kein Eindruck von Gewichtigkeit, ja nicht einmal ein Anschein von Amt und Würde. Alle ohne Ausnahme, ob Bundeskanzler, Minister oder Bundespräsident, wirken vor der Kamera und den Mikrophonen lediglich als Gelegenheit zur Nachrichtenübermittlung, ihre persönliche Anwesenheit, ob sie nun Kongresse eröffnen, Museen einweihen oder Interviews geben, ist und bleibt eine Sache der Kommunikation. Wo, fragt man sich, manifestiert sich der Staat in seinen Repräsentanten? Gibt es überhaupt noch eine Aura, die sie in Ansehung ihres hohen Amtes öffentlich auszeichnet und damit unverwechselbar macht?

Neulich war ich mit meiner Frau ins Schloß Bellevue eingeladen. Man hatte vor, an allerhöchster Stelle Heinrich Heine zu ehren, und diese Matinee des Bundespräsidenten war ein Ereignis, das die medienbedingte Beliebigkeit, mit der uns die Person Roman Herzogs gewöhnlich vor Augen geführt wird, auf erfreuliche Weise übertraf.

Schon der Anblick der Schloßfassade erweckt ungewöhnliche Reminiszenzen. Man wird an das Zeitalter des aufgeklärten Absolutismus erinnert, wo offiziöse Gesittung und Heiterkeit einander noch bedingten. Für den Künstler gab es noch ein verläßliches Mäzenatentum. Wer also einer Einladung ins Schloß Bellevue folgt, der erwartet einen Anschein feudaler Feierlichkeit. Man dämpft die Stimme, besichtigt das ausgestellte Porzellan, geht, nein schreitet die Treppe in die vorbereiteten Säle hinauf. Eine Empfangsdame, sehr zurückhaltend, aber stilvoll gekleidet, achtet darauf, daß jeder seinen Platz findet. Überall gedämpftes, aber doch irgendwie sonnig wirkendes Licht. Auf dem Podest ein Pianoforte. Man wartet. Eine halbe Minute Schweigen, dann erhebt man sich. Eine Tür wird geöffnet: Das Präsidentenpaar betritt lächelnd die Szene. Man ist angenehm überrascht. So oder ähnlich, denkt man, wurden sie früher auf Rokokobildern verewigt. Ein erneutes Schweigen, aber derart gespannt: Man hat den Eindruck, ein stiller, barocker, irgendwie aus Bayern stammender Engel fliegt durchs Zimmer. Dann die kurze Ansprache des Präsidenten, der, einen Spickzettel in der Hand, die Anwesenden auf geistreiche Weise zu unterhalten weiß. Der Rest gehört den Künstlern am Pianoforte. Hier, in einem solchen Arrangement, erlebt der einfache Bürger die personifizierte Würde seines Staates einmal ganz unverfälscht und ohne den Einschüchterungshorizont der Macht. Roman Herzog wirkte auch auf dem anschließenden Empfang heiter, verbindlich, bürgernah, und dennoch blieb er kraft seines Amtes und seiner Persönlichkeit auf verpflichtende Weise distanziert.

Auch die strikteste Demokratie braucht Formen, in denen sich der Staat ganz anschaulich, ja unübersehbar manifestiert. Dies gehört zur Kultur des Repräsentativen. Wer diese Kultur allerdings ausschließlich dem Fernsehen überläßt, der darf sich nicht wundern, wenn sogar der erste Mann des Staates durch die kommunikative Bilderflut, da sie ihn lediglich reproduziert, einen Teil seiner persönlichen Aura einbüßt.

Obwohl unser Leben, ja die Struktur allen Seins endlich ist, tun wir so, als sei der Progreß die einzig angemessene Lebensart. Das Glück, das sich nicht steigern läßt, schrumpft zur unerheblichen Größe. Zufriedenheit und Wohlbefinden fordern Kontinuität. Alle guten Dinge sollen ewig dauern. Wer hoch hinaus ist, will noch höher hinaus. Nicht nur der einzelne, auch das öffentliche Bewußtsein stellt sich die Struktur des Seins als unendlichen Progreß vor, und wo der Progreß einmal ausbleibt, definieren wir dies als Anormalität.

Offenbar sind wir nicht in der Lage, unsere Existenz als Diskontinuität zu begreifen. Im Progreßbegehren werden uns Vergangenheit, Gegenwart, Zukunft ununterscheidbar. Der ununterbrochene Fortschritt, nicht das gelegentliche Verweilen gilt als Lebensstimulans. Und ist es überhaupt denkbar, daß wir unser Leben einmal ohne Mithilfe irgendwelcher Multiplikatoren bewältigen können?

Wir verlieren das Gefühl für das eigene Zeitmaß, indem wir unsere Wünsche und Angewohnheiten der gesellschaftlichen Tendenz überantworten, die die kurze Spanne unseres Lebens mühelos überspringt. Wer sein Leben nach der

Summe seiner Erfolgserlebnisse bemißt, der wird darin nie zu einem Ende kommen wollen, und wer das Glück hat, ausreichend Kapital zu besitzen, das sich durch Zeitmultiplikation vermehren läßt, wie sollte der von der Endlichkeit seines irdischen Tuns überzeugt sein!

Nicht nur die Gesetze der Ökonomie, auch die Prämissen der Ethik sind in unserem Verständnis zukunftsimmanent ausgelegt. Gibt es überhaupt eine durch die Zivilisation ausgewiesene Lebensart, die uns die zeitliche Struktur unseres Lebens, also ein Dasein in Vergangenheit, Gegenwart, Zukunft nicht immer nur progressistisch verstellt?

Diese würde eine Bereitschaft voraussetzen, das persönliche Glück nicht nur als Kontinuität gelten zu lassen, sondern es auch in der Vergänglichkeit aufzubewahren, so daß wir fähig würden, die erzwungenen Ruhepausen unseres Lebens, bedingt durch Krankheit, Schwäche, Unlust, Alter, in Gelassenheit zu ertragen. »Höher, schneller, weiter«, dies sind Maximen, die uns die Öffentlichkeit suggeriert, aber auch was tendenziell gesichert erscheint, unterliegt dem historischen Kollaps.

In überlieferten Wochenschauen beweisen die strahlendsten Epochen ihre Vergänglichkeit, so wie wir, die einzelnen, irgendwann erfahren müssen, daß wir im Trommelfeuer der allgemeinen Zukunftsbeschwörung Zurückbleibende sind. Dies ist kein Grund zur Verzweiflung. Es ist eine notwendige Einsicht in die endliche Struktur allen Seins, und wer die Vergeblichkeit seines Tuns begriffen hat und trotzdem nicht davon läßt, der ist frei und zu jener Heiterkeit fähig, die uns Camus in seiner berühmten Sisyphos-Metapher anempfiehlt.

Wenn wir der sechs Millionen ermordeter Juden gedenken, denken wir auch daran, daß sie mit dem Zustand des Todes die Unfähigkeit ihrer Mörder zur Ethik dokumentieren. Die Toten haben die Ethik, die ihnen versagt wurde, mit ins Jenseits genommen. Das ist der eigentliche Grund des Erschreckens und sollte auch Sinn und Zweck unseres Erinnerns sein. Es wäre ein Erinnern ohne Rechthaberei. Wer, fragt man sich, könnte in solch einer Sache auch recht haben? Es wäre tautologisch, der Ermordeten von Auschwitz rechthaberisch zu gedenken, und die Ethik, die wir ihnen als unbrauchbaren Ballast aufgebürdet haben, können uns nur die Toten zurückgeben. Nur die Ermordeten selbst können ihren Mördern verzeihen und jenen, die den Mördern nicht in den Arm gefallen sind.

Das Gerede über Auschwitz ist ein Indiz dafür, wie nötig es wäre, zu einer Null-Linie des Erinnerns und Bereuens zurückzufinden. Ins Subjektive übersetzt: Jeder hat das Recht und die Pflicht zu einem eigenen Gewissen, und der Gewissenlose sollte abseits bleiben, wenn wir es wirklich einmal fertigbrächten, im Gedenken an die Toten von Auschwitz, ratlos und betroffen, ohne Rechthaberei und ohne versteckten Willen zur Nutznießerschaft, einfach zu schweigen.

Was bewog Berkeley zu der Behauptung, die Welt sei lediglich eine Fata Morgana des wahrnehmenden Subjekts? Der strikte Rationalismus, dem das Bewußtsein eine besondere Form der Materie ist, rechnet alles Subjektive letztendlich dem Objektiven zu. Nur die Fähigkeit des Denkens, Urteilens, Wahrnehmens und so weiter macht hier, als reine Formalität, das Subjekt kenntlich. Auch die Selbsterkenntnis bleibt, wie bei Schopenhauer oder Hegel, die man dem objektiven Idealismus zurechnet, flüchtige Erscheinung eines Wesentlichen, das, um existieren zu können, der Kontinuität des Subjektiven nicht bedarf. Und dieser Gedanke ist unerträglich. Er verweist uns in eine existentiell empfundene Nichtigkeit, die jede Selbstachtung unmöglich macht, und es ist nur verständlich, daß Berkeley den Sachverhalt umzukehren versucht, indem er behauptet: Nicht das Allgemeine erzeugt sich alle Spielarten seiner Subjektivität, sondern das Subjekt erzeugt das Objektive als Vorstellungswelt, in der es sich, wie Kinder, die mit einer Sandburg spielen, auf phantasievolle Weise selbst genießen kann.

Der moderne Mensch lebt in der Illusion, die ihm sein Erkenntnisinteresse aufbürdet. Da etwas erkannt werden kann, entsteht der Glaube, daß überhaupt nur das Erkennbare existiert. So hat zum Beispiel der frühe Wittgenstein versucht, die Vorstellungswelt in der Erkenntniswelt aufzulösen. »Die richtige Methode der Philosophie«, schrieb er in seinem *Tractatus logico-philosophicus,* »wäre eigentlich die: Nichts zu sagen, als was sich sagen läßt, also Sätze der Naturwissenschaft ...« In der Einleitung zur selben Abhandlung wird er noch deutlicher: »Was sich überhaupt sagen läßt, läßt sich klar sagen; und wovon man nicht reden kann, darüber muß man schweigen. Das Buch will dem Denken eine Grenze ziehen, oder vielmehr – nicht dem Denken, sondern dem Ausdruck der Gedanken... Die Grenze wird nur in der Sprache gezogen werden können, und was jenseits der Grenze liegt, wird einfach Unsinn sein.«

Nun ist die Vorstellungswelt ebenso real wie die Erkenntniswelt, und strenggenommen kann man dem Denken gar keine Grenze ziehen. Was Wittgenstein jenseits exakten Denkens einfach Unsinn nennt, ist wieder Realität, die durch logischen Positivismus ignoriert, aber nie wirklich hinweggezaubert werden kann.

»Wovon ich nichts wissen kann, aber doch etwas wissen will, dies ist durch mich schon in der Welt.« Dies wäre strenggenommen der Realitätsbezug aller gedachten Transzendenz oder Religion. Ja die gesamte Vorstellungswelt des Menschen geht aus diesem Sachverhalt hervor, und doch sind wir immer noch nicht bereit, den Begriff Realität auch für die Phantasie gelten zu lassen.

Die strikte, nur auf Nachweisbarkeit ausgerichtete Wissenschaft hat hier eine Grenze gezogen: Das Reale ist definiert durch Anwesenheit, das Irreale durch Abwesenheit. Man kann aber unanschauliche Formen der Realität nicht durch den Hinweis auf Formen der Anschaulichkeit hinwegzaubern. Beide Formen gehören zur Totalität des Seienden, und auch was wir an Begrifflichkeit daraus gewinnen, sollte nicht retuschiert werden. Das Rationale und das Irrationale bilden keinen Antagonismus. Es sind Denk- und Anschauungsweisen des Menschen, die sich, mitunter ununterscheidbar, ergänzen und durchdringen, und wie rasch sich Hirngespinste auf handfeste Weise materialisieren können, lesen wir jeden Tag in der Zeitung.

Da hat jemand keinen Grund zur Eifersucht und erschlägt seinen Partner aus ebendieser Grundlosigkeit doch. Da hatte Adolf Hitler eine durch nichts begründete Vorstellung, die Juden hätten kein Existenzrecht, also wurden Vernichtungslager gebaut. Es ist gefährlich, die Vorstellungswelt aus dem Realen auszusondern und damit abzuwerten. Der Homo sapiens erkennt nicht nur, er transzendiert sich auch eine eigene Wahrheit zurecht. Dies entspricht seiner ontologischen Struktur, und der modernen Psychiatrie sind fixe Ideen, pure Einbildungen, gedankliche Schimären und so weiter durchaus wieder zur Erkenntniswelt geronnen.

Mit anderen Worten: Was Wittgenstein, Russell und die ganze Schule des philosophischen Positivismus bis in die zwanziger, dreißiger Jahre hinein versucht haben, war der wissenschaftlich formulierte Hochmut gegenüber dem spekulativen Denken, das durch die Phantasie gespeist wird. Die Unzulänglichkeiten des Intellekts sind mit den Mitteln rigider Logik nicht zu bessern. Es ist immer noch das Unerkennbare, das die Majorität unserer Existenz bildet. Ja es übersteigt unseren Anfang und unser Ende, und hier spätestens käme jenes spekulative Denken zu seinem Recht, das die Erkenntniswelt, die an ihrer Rigidität arm geworden ist, durch die Fülle seiner Vermutungen und Vorstellungen wieder bereichert.

Nietzsche: »Ich suche nach einer Ewigkeit für Jegliches. Warum sollten die kostbarsten Salben verloren gehen. Das Meer spült sie wieder heraus.«

Es gibt magische Orte, an denen sich dies zu vollziehen

scheint. Wer in Italien die Abtei St. Antimo besucht, wer diese verlassene Einöde, umstanden von drei, vier Zypressen, in der Nähe grasen Rinder, die flimmernde Hitze steht still, wer dieses aus der nachkarolingischen Zeit herübergerettete, aber im hoffnungslosen Abseits vor sich hin träumende Gotteshaus einmal gesehen hat, der ahnt, was Nietzsche damit gemeint haben könnte. Was hier nach einem Jahrtausend wieder herausgespült und dem Tourismus zugänglich gemacht wird, ist der Nachweis, daß Kultur im Vergehen ganzer Generationen ihre Voraussetzung hat. Hier wiederholt sich jene Wehmut, die uns in Ansehung vergessener und wieder ausgegrabener Metropolen überkommt. Hier wohnt und betet niemand mehr. Hier ist der Mensch, nachdem er sich eine Bedürfniswelt aus Stein errichtet hat, verschwunden.

So, denkt man, werden auch wir den nachkommenden Generationen grasüberwachsene Spuren hinterlassen. Spuren unserer Vergänglichkeit. Der Rest ist ein Gefühl von Staunen, besser von Demut. Es ist eben ein Gefühl von Gottesnähe, umrissen mit dem Begriff »Metaphysik der Zeit«.

Der Hinweis auf einen Schöpfer macht die Schöpfung nicht plausibler. Wir sollten uns mit dem Gedanken vertraut machen, daß Gott, falls es ihn gibt, alles Sein und damit unsere eigene Existenz, da sie zufällig und flüchtig in Erscheinung tritt, gar nicht bemerkt und daß sich damit auch die Frage nach dem Sinn von Sein erledigt hat.

Zur Phänomenologie des Geistes gehört offenbar Unentschiedenheit. Der intellektuelle Reflex auf das Leben kann sich entweder bejahend, als Wille zur Aufklärung, oder als Unwille hierzu, als Unbehagen an der Erkenntnis geltend machen. In jeder Epoche, in der mehr oder weniger fleißig über Sinn und Gründe der menschlichen Existenz nachgedacht wird, finden wir diese Unvereinbarkeit.

Kants Philosophie hat, meines Wissens, der Unentschiedenheit im bewußten Willen das erste Mal Vorschub geleistet. Er spricht vom Ding an sich, das rätselhaft bleiben muß und vor dem sich alle erkennende, ästhetisierende und moralisierende Gedankenarbeit umsonst abmüht. Erkenntnis wird heute noch als Subjekt-Objekt-Raster mißverstanden, als Akt der Widerspiegelung der Außenwelt im Bewußtsein. Daß beide aber ununterscheidbar sind, daß ich mir selbst jenes unerkennbare, rätselhafte Ding an sich bin, dies muß immer wieder gesagt werden.

Kunst und Literatur haben diesem Sachverhalt seit eh und je Ausdruck verliehen. Kleists untröstlicher Reflex auf die so trocken-logisch und verzweiflungsfreie Philosophie Kants zeigt, daß Erkenntnis im Gemüt des Poeten Eruptionen auslösen kann, die der nüchternen Betrachtung unerklärbar bleiben müssen. »Vor kurzem«, schrieb Kleist an Wilhelmine von Zenge, »ward ich mit der neueren sogenannten Kantischen Philosophie bekannt – und Dir muß ich jetzt daraus einen Gedanken mitteilen ... Wenn alle Menschen statt der Augen grüne Gläser hätten, so würden sie urteilen müssen, die Gegenstände, welche sie dadurch erblikken, sind grün – und sie würden nie entscheiden können, ob ihr Auge ihnen die Dinge zeigt, wie sie sind ... Ach, Wilhelmine, wenn die Spitze dieses Gedankens Dein Herz nicht trifft, so lächle nicht über einen anderen, der sich tief in seinem heiligsten Innern davon verwundet fühlt.«[9]

Kleist war irritiert, ja verzweifelt über die Vorstellung, daß er die Welt aus seiner Subjektivität nicht würde erfassen können. Hölderlin litt unter der Tatsache, daß man die Rätsel des Lebens nicht durchschauen kann oder will. Goethe hat dem gleichen Sachverhalt viel Ruhe und Beharrlichkeit abgewonnen, ebenjene abgeklärte Tiefe, die wir vor allem im *Faust* bewundern. An der klassischen Literatur von Goethe bis Kafka und Rilke können wir die Wechselwirkung zwischen Wissenschaft, Philosophie, Poesie studieren. Bescheidene Frage: Wäre es heute noch möglich, daß sich ein Schriftsteller von einem Philosophen inspirieren oder emotional irritieren ließe?

Das Bemühen voriger Jahrhunderte war darauf ausgerichtet, dem Bewußtsein Wege zur Differenzierung, zur Verfeinerung offenzuhalten. Heute ist der Verstand vor allem eine Gelegenheit zur Häme, und die Hinterlassenschaften der klassischen Philosophie werden als Abrißstätten benutzt. Aber es fehlen die großen Abrißarbeiter vom Schlage eines Friedrich Nietzsche, und für den Poeten gelten keine erheblichen intellektuellen Reflexe mehr.

Werden Sachverhalte kenntlicher, indem man ihre Kenntnis wiederholt? Offenbar nicht. Es gibt Erfahrungen, die in der Gedankenlosigkeit wie in einer schlechten Unendlichkeit aufgehoben sind, und hier verkommt Aufklärung zum Ritual.

Benn schrieb im Jahre 1927: »Wenn man die sprachlichen Absonderungen von öffentlichen Persönlichkeiten sowie Badeprospekten liest, kommt man auf die Idee, Staat, Kommune, Gesellschaft, Zivilisation, Geschmack, Kultur und Kunst das sei alles eins, ein internationales Glück. Eröffnung einer Industrieausstellung: die Leonoren-Ouverture und der Bläserchor; Grundsteinlegung und: ›die Himmel rühmen‹. Deauville, der Blumenrausch am Meeresstrand: Im September die große künstlerische Ovation. Lido, der sonnige Lido, alles im Pyjama – und flott die mit staatlichen Titeln versehenen Favoriten der Kulisse: Festspiele, Mirakel für diese Pyjamalazarusse. Eine Theaterausstellung – und ein Extrazug fährt schleunigst achtzig Abgeordnete heran. Ein Régencezimmer für die Sammlungen erworben –: reicher Segen über das schöne Verhältnis von Museen und Kunsthandel. In der vornehmen Ruhe des Gasteiner Badelebens eine dämonische Ballettsuite –: Höhenstunden für den zur Kur weilenden Reichswirtschaftsminister und die Fraktionsgewaltigen –: sublimierter Kapitalismus ist die Kategorie, in der der Staat und die von ihm vertretene Öffentlichkeit die Kunst empfindet und gelten läßt.«[10]

Was hat sich seit Benns Philippika geändert? Der Staat hat sein Gewissen für die Kunst geschärft, aber: Auch der offiziöse Mäzen widerspiegelt die gesellschaftliche Bedingung. Wir sehen heute alle Anzeichen einer subventionierten Verwaltungs- und Angestelltenkultur. Als Pendant die Kultur der Aussteiger und Verweigerer, die ästhetische Eigenbrötelei, aber auch sie entgeht selbstverständlich nicht dem Zugriff der Verwaltung. Es gibt kein Bildungsprivileg mehr und also auch keinen Kampf um Bildung, weil es kein

Bedürfnis nach Bildung mehr gibt. War es für die Massen der zwanziger Jahre noch eine Lebenshilfe, wenn sie über den Verein der Volksbühne die Theater erobern durften, so ist das heutige Theatererlebnis eine Sache des Angebots, von dem man unter Einwirkung von Reklame Gebrauch macht. Unter der Theaterbeamtenschaft herrscht weder Idealismus noch existentielle Not, es herrscht das kühle, leidenschaftslose Konkurrenzprinzip, die Erfolgs- und Karrierementalität des Angestellten. Man kämpft um Marktanteile. Man will keine Theaterkunst machen, sondern im Verwaltungsbereich Theater mit dem Anschein von Kunst, koste es, was es wolle, weiterkommen.

War zur Zeit Gerhart Hauptmanns, also sagen wir in der Spanne zwischen der Jahrhundertwende und den frühen zwanziger Jahren, noch ein gemeinsamer Reflex auf den Sachverhalt, den das Theater lieferte, möglich, bezogen sich Künstler, Zuschauer, Rezensenten noch positiv oder negativ auf das, was sie wahrgenommen hatten, so ist heute die Wahrnehmung keine Kategorie des Urteilens mehr. Der verwaltete Markt hat Anteile, und man partizipiert daran oder nicht. Man reagiert nicht mehr auf den gesellschaftlichen Sachverhalt, den das Theater liefert, sondern man reproduziert den Reklamewert, auf den man sich auf Zeit geeinigt hat. Nur der Wortbruch beweist noch die Unabhängigkeit.

Nun war der Intendantenberuf in Deutschland, zumindest an den Staatstheatern, immer die subalterne Wiederholung jener Staatsform, die ihn etablieren half: des Absolutismus. Der aufgeklärte Absolutismus war mit all seinem imperialen Gehabe den Schönen Künsten außerordentlich förderlich, und er ist immer noch der heimliche stille Traum unabhängiger Geister. Wer möchte nicht wie Goethes Tasso an einen Hof gerufen werden, an dem die Kultur nicht nur der Palette des Angebots zugerechnet werden durfte, sondern ein wirkliches Bedürfnis war.

Heute, im Zeitalter der Demokratie, ist die Legislative eine Sache des Mandats, das der Inhaber durch Erfolg verteidigen muß, und hier schließt sich der Kreis. Wo die Distribution herrscht, herrscht ihre Logik und damit das Allerbedenklichste und die Perversion dessen, was Benn am Kunstverständnis des modernen Staates zu beklagen hatte. Der Mandatsträger verwaltet die Aufsteigermentalität, das Prinzip der Absprache aus Konkurrenz, unter dem Einsatz gewaltiger Subventionsmittel und verhindert dadurch den Zusammenbruch einer kulturellen Scheinwelt, weil auch er Erfolg haben muß und sich also der Definition dessen, was Erfolg genannt werden darf, willig fügt, sofern sie nur die Logik der Distribution erfüllt. Also auf gut deutsch: Wenn ein Kultursenator von der Presse befragt wird, warum er ausgerechnet diesen und keinen anderen als Intendanten favorisiert hat, verweist er darauf, daß die Presse ihm dazu geraten hat, nachdem der durch ihn Favorisierte sich mit der Presse darüber einig geworden war, daß man dem Kultursenator raten sollte, ihn und niemanden sonst zu favorisieren.

Man darf davon ausgehen, daß die Kultur einen Sinnzusammenhang stiftet. So ist sie ein Sichtbarkeitshorizont für die Kunst, und es gab Zeiten, in denen die Kunst chancenlos blieb, weil die Kultur zu unterentwickelt war, um ihre Impulse zu erkennen. Die Kunst erscheint oder verschwindet im Niveaugefälle der jeweils herrschenden Kultur, und auch unsere Zeit, obwohl extrem aufgeklärt und informationstechnisch weltweit miteinander verbunden, ist nicht davor gefeit, auf dem Gebiet der künstlerischen Vermittlung zu verkümmern. Und es versteht sich von selbst, daß eine solche Gefahr unsichtbar bleiben muß, da sie sich gegen die Kunst, nie aber gegen die Kultur richtet. Die Kunst kann verarmen oder absterben, ihr Sichtbarkeitshorizont überlebt immer noch als leeres Versprechen. Zur Not erklärt sich die Kultur selber zur Kunst.

»Es scheint mir eine Tatsache zu sein«, schrieb Benn 1927, »die wenig anerkannt ist, daß es sehr viel weniger produktive Substanz in einem Zeitabschnitt gibt, als im allgemeinen angenommen wird. Ferner, daß Kunst viel seltener ist, als es scheint. Dieser Schein hängt mit dem verbreiteten Irrtum zusammen, daß Kultur, Zivilisation, Bildung und Kunst im Grunde identisch seien. Kunst aber ist ein isoliertes Phänomen, individuell unfruchtbar und monoman. Das bestimmt ihren Rang.«[11]

»Der Wunsch ist der Vater des Gedankens.« Was man für richtig hält, hält man auch für wahr, und nur wenige wissen und geben es zu, daß sie im Unrecht sind, wenn sie eine irrige Meinung zur Geltung bringen wollen. Es ist eben ihre, das heißt »meine« Meinung, und dies allein scheint für die meisten als Fata Morgana des Objektiven auf. Es ist nur allzu menschlich, daß man die eigenen Wünsche und Überzeugungen gegen die Ansichten des Nachbarn oder gegenüber der Öffentlichkeit verteidigt. Gibt es überhaupt ein Streben nach Objektivität, das sich der Befangenheit der eigenen Meinung entziehen könnte? Das »Recht-haben-wollen« gehört zur Kreativität des Denkens, und wehe der Gesellschaft, die den Willen zur eigenen Meinung mit der Begründung, hier würde allzuoft geirrt, gleichzuschalten versucht. Dann hätten wir eben nur eine, ideologisch und mit den Machtmitteln des Staates abgesicherte, aber nicht weniger irrige Meinung, die dann auch noch willens und fähig wäre, jede andere Meinung unter Strafe zu stellen.

Andererseits: Gedankenarmut äußert sich vor allem in der Unfähigkeit, von Überzeugungen, die man sich mühsam erworben hat, zu abstrahieren. Wer etwas über die Welt erfahren will, dem darf die eigene Meinung über eben diese Welt kein Hindernis sein. Und wer die Welt, nachdem er sie erfahren hat, ablehnt, der kann sich in Gedanken eine neue schaffen. Gedankenfreiheit ist jene Freiheit, die alle guten und intellektuell abgesicherten Gründe der eigenen Meinung übersteigt.

Schopenhauers berühmte Bemerkung, wenige leben, oft elend genug, für die Philosophie, viele hingegen, und durchaus üppig, von der Philosophie, kann selbstverständlich auch für die Literatur gelten. Wer auf eigenes Risiko einen Roman, ein Drama oder Gedichte schreibt, erzeugt automatisch jene Heerschar von vertraglich abgesicherten Rezipienten in den Feuilletons der Zeitungen, den Redaktionssesseln der Rundfunk- und Fernsehanstalten, in den Etagen der Kulturbeamtenschaft, und Franz Kafka, zu Lebzeiten so gut wie unbekannt, ernährt heute ganze Generationen junger, alternder, ja emeritierter Germanisten.

Nun ist dies alles nichts Neues und auch nichts Unnatürliches. Seit sich die Literatur vom Mäzenatentum des Absolutismus befreit, seit sie den Kulturmarkt erobert hat, ist sie auf das öffentliche Gerede angewiesen, und Trittbrettfahrer lassen sich, wenn der Zug nur in Bewegung bleibt, immer ertragen. Hanslick, der Wiener Musikkritiker, wurde unsterblich durch seine Huldigungen an Brahms, aber auch durch seine Gehässigkeiten gegenüber Wagner und Bruckner. Alfred Kerr sicherte sich einen Platz in der Literaturgeschichte, indem er seine sarkastischen Bemerkungen über Čechov, Hauptmann, Musil oder Brecht zum besten gab. Damit kann und muß jeder Schriftsteller, der seine Leidenschaft zum Subsistenzmittel erhebt, leben. Bedenklich wird die Sache allerdings, wenn die durch die Literatur erzeugte und am Leben erhaltene Rezipientenschaft sich kurzerhand dazu entschließt, ihre Urheber zu entmündigen.

Reklametechnisch ist dies im Zeitalter der Medien ohne weiteres möglich, wie die ZDF-Sendung »Das literarische Quartett« beweist. Hier verkommt das öffentliche Gerede über Literatur zur Selbstdarstellung. Hier dürfen sich Starkritiker einen Marktwert sichern, indem sie Gegenwartsautoren erst umwerben und bekannt machen, nicht selten zur Kriecherei und Unterwürfigkeit erziehen, um sie hinterher zu demütigen. Legitimiert wird dies durch den Unterhaltungswert, der den Wert an substantieller Kritik unerheblich macht, und wie würde Hanslick heute vor Neid erblassen, wenn man die Millionen bedenkt, die der Starkritiker als Reklameträger verdient, etwa um das allerneueste Telefonbuch bekannt zu machen! Hanslick war immerhin noch genötigt, seine Meinungsführerschaft durch Intrigen an der Wiener Hofburg zu forcieren und zu sichern. Heute ist ein großer Teil des Publikums zufrieden, wenn man, Literatur hin, Literatur her, ordentlich etwas zu lachen hat. Man will den Herrn Poeten auch einmal nackt und die schmierigen Kränze nicht immer nur um die Stirn, sondern auch einmal um den Bauch gewickelt sehen.

Normalerweise ist die Selbstachtung des Schriftstellers durch das öffentliche Gerede nicht zu erschüttern. Er bleibt seinem Talent und seinem Gewissen verpflichtet, seine Kraft erwächst aus der Verwiesenheit auf die eigene Subjektivität. Es sei denn, er will – koste es, was es wolle – vor allem Erfolg haben. Wer seine Bücher vorsorglich diesem und jenem Großkritiker widmet, wer dankbar ist, wenn man ihm öffentlich gönnerhaft auf die Schulter klopft, wer glaubt, er könne dem gegebenen Wort eines Feuilletongewaltigen vertrauen, der sollte sich nicht beschweren, wenn er am Ende gedemütigt wird. Und, wie gesagt, reklametechnisch ist es heute durchaus möglich, jede Anstrengung zur Literatur durch eine sich willkürlich gebärdende Rezipientenschaft ins Lächerliche und damit ins Folgenlose zu ziehen.

Es gibt einen unbedingten Willen zur Moral. Die Weimarer Klassiker, und besonders Friedrich Schiller, geben uns einen Begriff davon. Schiller gelingt es, sich der ästhetisierenden Moral in aller Unschuld zu widmen. Nicht immer mit Erfolg, wie sich beweisen läßt. So konnten sich die Romantiker beim Deklamieren der »Glocke« vor Lachen kaum auf den Stühlen halten, aber die Emphase seiner Gedanken, das rigorose Streben nach Anstand und Würde machen ihn unwiderstehlich.

Schillers große Zeit reichte bis zum Ende der Herrschaft Hegels. Danach, im Zeitalter der Intellektverachtung, überwiegen die kritischen Kommentare. Es erscheint plausibel, daß Schiller, ganz anders als Kleist oder Hölderlin, im aufkommenden Nihilismus, der bis heute seine Herrschaft behauptet, an Bedeutung verlieren mußte. Friedrich Hebbel war, meines Wissens, der letzte, der versucht hat, die Welt aus dem Begriff der ästhetisierenden Moral zu verstehen und dramaturgisch zu rekonstruieren, danach verlieren sich die Epigonen Schillers im üppig wuchernden Geheimratsdrama.

Beim Studium der Schiller-Biographien fällt auf, daß sogar die Zerrüttung seiner Gesundheit, ja die Gewißheit des nahen Todes auf die Wucht seiner moralisierenden Vernunft ohne Einfluß geblieben ist. Ein Zeitgenosse erlebt den Todkranken bei einer Begegnung mit Goethe. »Schiller selbst«, schreibt er, »wandelt, ja man möchte sagen, rennt unaufhörlich im Zimmer herum. Oft sieht man ihm sein körperliches Leiden an, besonders wenn ihn Suffokationen anwandeln. Kann man ihn in solchen Momenten in eine interessante Unterredung ziehen, so verläßt ihn das Übel wieder, um sogleich zurückzukommen, wenn nichts mehr zu erörtern übrig ist. Man sieht, in welcher ununterbrochenen Spannung er lebt und wie sehr der Geist seinen Körper tyrannisiert.«

War Schillers Poesieverständnis schon allzusehr auf den

intellektuellen Impuls ausgerichtet, so mußte die Fixierung auf die ästhetisierende Moral diese Tendenz noch verstärken. Man lese die Briefe, die Schiller und Goethe und Humboldt einander geschrieben haben. Hier wird der Idee des vollkommenen Menschen nicht ohne Anflug von Selbstapotheose und mit einem Enthusiasmus zugestimmt, der uns heute fremd erscheint. »Denken Sie sich aber den Genuß, lieber Freund«, schreibt Schiller an Humboldt, »in einer poetischen Darstellung alles Sterbliche ausgelöscht, lauter Licht, lauter Freiheit, lauter Vermögen – keinen Schatten, keine Schranke, nichts von alledem mehr zu sehen... Eine Szene im Olymp darzustellen, welcher höchste aller Genüsse! Ich verzweifle nicht ganz daran, wenn mein Gemüt nur erst ganz frei und von allem Unrat der Wirklichkeit recht reingewaschen ist.«[12]

Kein Wunder, daß wir das Phänomen Schiller heute mit skeptischen Augen betrachten, aber Schiller kann diesen Blick getrost aushalten, denn Camus hat uns mit seinem Sisyphos einen Begriff von Freiheit gegeben, der über die Sinnlosigkeit des Lebens nicht hinwegzutäuschen versucht. Im Gegenteil. Sisyphos, der das Vergebliche seines Tuns erkennt, hat nun, nachdem er sich entschlossen hat weiterzumachen, keinen Grund zur Verzweiflung mehr. Jetzt kann jene Heiterkeit entstehen, die ihre Voraussetzungslosigkeit akzeptiert. Und wer nicht darauf angewiesen ist, von Schiller immer nur den Nachweis von Realität zu fordern, der könnte seinen Idealismus wie einen schönen Mythos auf sich wirken lassen.

Wenn wir an das 17. und 18. Jahrhundert denken, dann entsteht eben jene Erinnerung an die Fassade von Versailles, an den kunstfreundlichen, aufgeklärten Absolutismus, an die stürmische, alle Himmel aufreißende Musik eines Georg Friedrich Händel. Die späte Reminiszenz an dieses sich so optimistisch gebende Zeitalter war Schillers »Ode an die Freude«. Selbst der zum Pessimismus neigende Beethoven hielt ausdrücklich daran fest. Seine 9. Symphonie gibt uns ein Beispiel, wie man mit Schiller umgehen sollte. Man kann ihn weder verbiegen noch aktualisieren, am allerwenigsten kann man einen Offenbarungseid auf ihn leisten. »Von seinem Willen zum Schönen, Wahren, Guten, zur Gesittung«, wie Thomas Mann sagt, »zur inneren Freiheit, zur Kunst, zur Liebe, zum Frieden, zur rettenden Ehrfurcht des Menschen vor sich selbst« kann man nur staunend Gebrauch machen.

Die Verfechter der Aufklärung sind heute noch davon überzeugt, daß der Zivilisation alles Gute und Schöne ausschließlich aus den Mitteln der Erkenntnis zuwachsen würde. Als läge dies sozusagen in der ontologischen Struktur. Moralisten ohne Erkenntnisanspruch werden belächelt, und wo Nietzsche Jesus von Nazareth noch mit Nachsicht und vielleicht auch mit einem verwandtschaftlichen Gefühl einen Idioten und heiligen Narren nennt, wird heute der Moralist, der sich nicht auf die Zeugenschaft der Erkenntnis beruft, als gutgläubiger, einflußloser Spinner abgetan.

Nun könnte man den Spieß, den die Erkenntnisfanatiker gegen die Verfechter einer unbedingten Moral richten, auch einmal umdrehen. Man könnte fragen: Wo haben wir heute, nach dreitausend Jahren Zivilisationsgeschichte, den Nachweis, daß Erkenntnisvermögen und Moral ein und dasselbe sind? Und wie ist es möglich, daß wir im Zeitalter der Wissenschaft immer noch um das Wohlergehen der menschlichen Gattung bangen müssen? Nicht das Erkenntnisvermögen, sondern das Vermögen zur Moral sichert den Fortbestand der Zivilisation.

»Will jemand ein wenig in das Geheimnis hinab- und hinuntersehen, wie man auf Erden Ideale fabriziert?« schrieb Friedrich Nietzsche. »Wer hat den Mut dazu?... Wohlan! Hier ist der Blick offen in diese dunkle Werkstätte.« Er hatte dies kritisch, nein zynisch gemeint. Aber wahr ist es allemal: Wir sind offenbar mit dem Instinkt zum Guten ausgestattet, und dieser gehört nicht der Sphäre des Bewußten, sondern der Sphäre des Unbewußten an.

»Die Tiere sind unsere Brüder.« Diese Äußerung Schopenhauers ist eine Würdigung aller Kreatur, die in dem blinden Wettlauf, besser dem Würfelspiel der Evolution das Existenzrecht verloren hat. Und wie wir gezwungen sind zu sagen: »Gott sei uns gnädig«, so kann sich das Tier nur auf ein »Mensch sei uns gnädig« zurückziehen. Es ist auf Gedeih und Verderb jener Spezies ausgeliefert, die in der christlichen Religion als Krone der Schöpfung definiert wird, und hier schon beginnt das hochmütige Verhalten gegenüber dem Tier. Was heißt, in die Sprache der Anthropologie übersetzt, Krone der Schöpfung?

Für Marx unterscheidet sich der Mensch vom Tier durch seine Fähigkeit zur antizipierenden Idee. Für Heidegger ist es das Seinsverständnis. Für Descartes kann überhaupt nur das Denkvermögen als Nachweis eigener Existenz gelten. Nur Nietzsche stellt dem Tier den Mangel an Intellekt nicht in Rechnung. Er schätzt die Instinktschiene, die das Tier sicher leitet, höher ein als die Fähigkeit zur Idee, die auch in ihrer menschenfreundlichsten Form unfähig bleibt, der Zivilisation eine ethische Sicherheit zu geben.

Bei dem 1961 verstorbenen Physiker Erwin Schrödinger finde ich jene vier Fragen formuliert, die einen jeden von uns, bewußt oder unbewußt, umtreiben. Ich zitiere: »1. Existiert ein Ich? 2. Existiert die Welt nebst mir? 3. Hört Ich mit dem körperlichen Tod auf? 4. Hört Welt mit meinem körperlichen Tod auf?«

Man ist versucht, mit den Mitteln eines radikalen Nihilismus zu antworten. Etwa so: Zu 1. Daß ich als Einzelheit existiere, ist dadurch bewiesen, daß ich, obwohl mein Phänomen als Vielheit aufscheint, doch nicht quantifizierbar bin. Zu 2. Die Welt, zu der ich gehöre, existiert leider auch »nebst mir«. Hier liegt der Gedanke nahe, daß meine Existenz vielleicht nicht substantiell, sondern nur der Form nach zur Welt gehört. Zu 3. Ich höre nach meinem körperlichen Tod auf. Zu 4. Die Welt hört nach meinem körperlichen Tod nicht auf. Aber für mich hört sie auf. Ein Vorgang, der die Welt nicht tangiert, da ich ihr nur als flüchtige, veränderliche Form angehöre. Die Welt »verformt« sich ständig. Sie verliert durch meinen Tod nichts, so wie der See, dessen Oberfläche sich nach einem Windstoß wieder beruhigt, auch nichts zu verlieren scheint.

Wir wissen nicht, ob die Welt, zu der wir gehören und die

wir zugleich als das ganz Andere, von uns abgelöste erfahren, wir wissen nicht, ob das Phänomen des Seins überhaupt der Substanz eines Absoluten angehört. Die Substanz eines Absoluten könnte auch das Nichts sein oder ein Drittes, ein Jenseits von Sein oder Nichts, vor dem alle Anschauung, alle Erfahrung, alle Erkenntnis, da sie das Sein voraussetzen, nicht mehr zu greifen vermögen. Hawking hat dies mit der Bemerkung, daß in den sogenannten Schwarzen Löchern kein Naturgesetz mehr Geltung haben könnte, angedeutet.

Es gibt Legenden, an denen die Wissenschaft hartnäckig festhält. Nach Maßgabe des Möglichen, erklärt sie uns, müßte sich die Form des selbstbewußten Lebens im Kosmos wiederholen. Hier werden Möglichkeit und Notwendigkeit identisch gesetzt. Jede Existenz ist zufällig, verlängert man aber die Welt des Zufalls ins Unendliche, wird sie notwendig. So gesehen, müßte sich jeder Zufall, da er im Absoluten nicht verlorengehen kann, irgendwann wiederholen. Dies ist der Trick, mit dem die Wissenschaft den Kontingenzgedanken überlisten will.

Der Kontingenzgedanke zerstört die Illusion, daß meine Existenz notwendig ist. Er verweist mich in die Verfügungsgewalt des Zufalls, und wir können nicht sagen, ob uns die Kategorie des Möglichen mehr Sicherheit bietet als die herbeigesehnte Notwendigkeit. Jedes konkrete Sein endet im Nichts. Dieses Nichts zieht eine Grenze, hinter der Kategorien keinen Sinn mehr geltend machen können. Und ist es wirklich nötig, die existentielle Neugierde, die sich hinter jedem Forschergeist verbirgt, ausschließlich auf den

Weltraum zu richten? Angenommen, das selbstbewußte Leben wäre, wie der Kosmos, ein Produkt des Zufalls. Wäre unser Leben deswegen weniger kostbar? Im Gegenteil. Es wäre in seiner Einmaligkeit, seiner Unwiederholbarkeit bis ins Wunderbare aufgewertet, und wir würden die Voraussetzung unserer Existenz, deren Begrenztheit, nämlich den Planeten Erde, nicht immer nur als Provisorium behandeln, das es durch kosmische Abenteuer zu überwinden gilt.

Zur Irritation des Ego: Auch bei Heidegger, der das Dasein in seiner Vereinzelung faßt, finde ich keinen Hinweis, der die Vereinzelung jeder Einzelheit ernsthaft in Erwägung zieht. Einzelheit ist auch hier, wie bei Sartre, eine Sache der Quantifizierbarkeit. Über das Einmalige, Unwiederholbare, über das Ich-Phänomen in seiner Absolutheit läßt sich nicht philosophieren. Philosophie setzt die Anwendbarkeit aller Begriffe voraus. Kann man das Undenkbare überdenken? Offenbar nicht. Und doch ist dies eine Frage, die man nicht mehr los wird, weil sie sich in der Irritation des eigenen, unverwechselbaren Ego eingenistet hat.

Dasein ist Unterschiedenheit. Unterschiedenheit ist das Unvereinbare, das, aus welchen Gründen auch immer, beharren will. Unterschiedenheit ist überhaupt ein vergebliches Beharren, und so erfahre ich die Welt und mich selbst.

In mir, im denkenden Subjekt, tritt die Unterschiedenheit ins Selbstbewußtsein. Aber es ist meine und keine sonstige Unterschiedenheit und somit Ununterschiedenheit.

Ununterschiedenheit wäre etwas, das sich nicht erfahren läßt. Sie wäre das Wesentliche an aller Unterschiedenheit, sie wäre der allgemeine Grund meines Daseins, wenn es ihn gäbe.

Diesen Grund könnte ich mir als Fluchtpunkt denken. Wenn ich an dem einzigen Leitfaden, der mir gegeben ist, zum Wesen meines Daseins zu gelangen, der Kausalität, entlangliefe, verlöre ich mich ins Unendliche, denn jedes hat ein anderes zur Voraussetzung und jedes andere ein dieses.

Hier wäre der Fluchtpunkt erreicht, denn: Was mich unendlich flieht, kann mich nicht verlassen.

Der Solipsismus will die Ununterschiedenheit, der Realismus die Unterschiedenheit als Erfahrung gelten lassen. Aber ich kann nur erfahren, wovon ich unterschieden bin; meine Ununterschiedenheit, die ich selbst bin, kann ich nicht erfahren.

Die Irritation, die mit dem denkenden Subjekt neu in die Welt eintritt, ist Erfahrungslosigkeit, die sich selbst erfahren will. Bei Wittgenstein wäre dieser Sachverhalt nicht Teil der Welt, nicht in der Welt, sondern metaphysisches Außerhalb-Sein, bestenfalls Weltgrenze. Er gibt dem Rätsel keine Realität.

Es kommt aber nicht darauf an, ob das denkende Subjekt das Rätsel seiner Existenz löst oder nicht, sondern: Die Irritation, die es über sich selbst empfindet, ist nicht lediglich Grenze, Außerhalb-Sein und so weiter, sondern Tatsache in der Welt.

Metaphysik ist überhaupt etwas, das da ist, auch wenn es gezwungen sein soll, sich als unerfahrbares Rätsel zu rechtfertigen.

Die Trennung (und Herabsetzung) der Vorstellungswelt von (gegenüber) der wahrgenommenen Welt ist schon insofern nichtig, weil ich meine mir vorgestellte Welt auch wahrnehme.

Außerdem: Die Vorstellungswelt übertrumpft die wahrgenommene Welt. Sie ist der wirkliche, einzig nachprüfbare Schöpfungsakt, der mir durch die Unvereinbarkeit meiner und jeder sonstigen Existenz aufgezwungen wird. Sie ist das (statt zur Erkenntnis) zur Metaphysik ausgeformte Prinzip Hoffnung, und da Metaphysik nicht bewiesen werden kann, darf ich ihrer um so gewisser sein.

Alle Philosophie ist auf der Suche nach der Vereinbarkeit des Menschen wie nach dem Stein der Weisen. Alle Philosophie will dem Ego seine Irritation nehmen. Entweder indem sie ihm eine unendliche Fortdauer Erlösung verheißender Erkenntnis vorgaukelt, oder indem sie ihm die Irritation bis zur mörderischen Verzweiflung ausweitet.

Erlösung durch Transzendenz ist der Grundgedanke aller Religionen, und Nietzsche wußte sehr wohl, daß er seiner Unvereinbarkeit das Zeichen des Antichristen aufbrennen mußte, um dem Leben bis zum Wahnsinn zuzustimmen.

Da ich an meiner Ununterschiedenheit, die ich selbst bin, keine Attribute des Daseins entdecken kann, nistet sich hier die Angst ein, ich wäre schon jetzt, was ich erst werden soll, ein Nichts, und alle Bemühungen meines Lebens laufen darauf hinaus, dieser Irritation den Schein des Unwahren zu nehmen, und zwar so sehr, als wäre ich in der Lage, doch noch zur rettenden Selbsterkenntnis zu gelangen.

Erkenntnis entsteht aus eben der Irritation, die ich überwinden will, aber nicht überwinden kann, und ihre Erscheinungsform ist die Täuschung.

Wo mein Denken mir einredet, ich ließe mich nicht täuschen, beginnt der Wahnsinn.

Was ist der Wahnsinn? Ich rede nicht von jener Anomalie, die das intellektuelle Vermögen einschränken oder außer Kraft setzen kann. Es gibt eine Schwäche des Selbstbewußtseins, die wünschenswert ist, weil sie jenes Quantum an Natürlichkeit gewährleistet, das zum Leben unumgänglich ist.

Der harmlos Verwirrte, das in seiner Naivität befangene Kind genießen ihr Leben, soweit man ihnen dies nicht als schuldhaftes Unvermögen anrechnet, durch Selbstvergessenheit. Erst das entwickelte und in seinen Ansprüchen überforderte Selbstbewußtsein kennt keine Vergessenheit mehr. Es muß Mittel und Wege in Gang setzen, um seine intellektuelle Wachheit und Überschärfe zu bedienen. Es ist jener schlechten Unendlichkeit ausgesetzt, die das Hegelsche Selbstbewußtsein so sehr fürchtet und dem es durch Selbstnegation zu entrinnen trachtet, und es endet, falls der Wille, sich zu schwächen, nicht gelingt, im Reich der Einbildung.

Der Wahnsinn ist eine Leistung des Intellekts und gehört der Bedürftigkeit des Menschen an wie Essen, Schlafen, Trinken. Er ist jene eingebildete Gewißheit, ich hätte meine Irritation überwunden und dürfte dies nun im Namen der Vernunft anderen begreiflich machen.

Wo das Ego die Schranke seiner Unterschiedenheit gedanklich überfliegt, wächst ihm ein Gefühl von Allmacht zu. Es verliert an Irritation, und zwar so sehr, daß es sich bis zum Verbrechen geltend machen kann.

Die Unternehmungen Adolf Hitlers sind nichts weiter als ein Beitrag zur Geschichte des Wahnsinns, der mit der Intellektwerdung im Menschen begann und andauern wird, solange der Intellekt andauert. Die moralische Entrüstung, die diese Tatsache begleitet, wird ihr weder beikommen noch sie bessern helfen, ja die moralisierende Vernunft kann sich der wahnhaften Einbildung, daß sie Maßstab aller Dinge sei, selber nicht entziehen.

Da der einzelne sich als unwiederbringlich geltend machen muß, kann es vorkommen, daß er an der Gesellschaft Rache nimmt, falls diese seine Existenz bis zur Unerheblichkeit niederhalten will. Er wird mörderisch wie jene Medea, die ihre Kinder, den verräterischen Mann, ja all jenes, was ihre Demütigung verursacht hat, ausrottet, um ihrem Selbstbewußtsein, und sei es auch nur einen Augenblick lang, Geltung zu verschaffen. Nicht jeder Ausgesonderte hat ein Übermaß an Energie und findet Umstände zur Rache. Jene, die still vergehen, gelten als Muster der zivilisatorischen Tugend, weil sie den kollektiven Mord widerspruchslos an sich vollziehen lassen.

Der Mangel an Instinkt unterscheidet mich vom Tier, und die Vergeblichkeit, mit der jedes Ego sich bemüht, seine Irritation zu überwinden, umschreibt den Zustand der Zivilisation. Es ist jenes Gemisch aus elementarer Lebensäußerung und der Phänomenologie des Geistes, die sich gegenseitig behindern.

Der einzelne bedeutet mehr als die Gesellschaft, in der jede Einzelheit zur bloßen Tendenz herabsinken muß, und die Mächtigen haben den zur Tendenz verkommenen Individuen ihren Willen aufgezwungen.

Wo dachte Nietzsche besonders kühn und vorbehaltlos ehrlich? Als er seinen Parisern, die er liebte, einen neuen Begriff gab, den des anständigen Verbrechers. Als er sich, an den Deutschen krank geworden, gegen die Schwächung seines Selbstgefühls und für die Emphase seines Größenwahns entschied.

Der anständige Verbrecher, dies ist der Traum jener, die sich mit ihrer gewöhnlichen Existenz nicht abfinden wollen, und auf dem Kreuzweg von Schuld und Sühne, auf dem es sich einzig leben läßt, kann es vorkommen, daß uns die Ethik als flüchtiges Gespenst entgegenlächelt.

Die Ethik muß jede Verwicklung mit der Irritation fürchten und kann nur in der »Gedankenlosigkeit«, in einer vorgestellten Transzendenz, ihre dauerhafte Form haben.

»Die Ethik ist transcendental« (Wittgenstein). Dieser Satz zerstört alle Hoffnung, daß aus der Mühe des Gedankens ein gesicherter Lebenssinn abzuleiten wäre.

Aber auch die Vernunft ist transzendental. Wo sie behauptet, sie könne Gründe der Erkenntnis geltend machen, nähert sie sich der Willkür.

Erkenntnis ist Selbstentäußerung. Selbsterkenntnis wäre eine Tautologie. Da dem Ego alle Selbsterkenntnis unmöglich erscheint und seine Erkenntnis die Form der Täuschung beibehalten muß, ist ihm der Zustand der Irritation wesentlich. Da ich wesentlich irritiert bin, bleibt die Gedankenarbeit, die diesen Zustand überwinden soll, unerschöpflich.

Nochmals Friedrich Nietzsche. Es scheint, wir werden um diesen Philosophen auch im 21. Jahrhundert nicht herumkommen. Ja, es scheint, daß seine neuerliche Aktualität überhaupt erst begonnen hat. Nietzsche gibt uns ein Beispiel, wie man alle intellektuelle Konvention, alle historisch verfestigten Urteile und Meinungen mit der Willkür eigener Gedanken über den Haufen werfen kann. Das Streben nach geistiger Unabhängigkeit gipfelt mit Nietzsche in dem Versuch, den Menschen auch in seiner existentiellen Struktur, also als Evolutionsprodukt, kritisch zu überblicken. Und Nietzsche scheut sich nicht, den Intellekt, also das Werkzeug seines eigenen Denkens, als mögliches Verhängnis auszumalen.

Wer wagt das heute noch? Wer wagt es, aus einem Übermaß an Intelligenz alle Intelligenz als Gefahrenphänomen ernsthaft in Frage zu stellen? Die durchschnittliche Intelligenz bleibt konventionell gebunden. Es ist eine Einübung in das gesellschaftlich Relevante, und jeder einigermaßen helle Kopf wird nach der Fähigkeit beurteilt, ob er es schafft, die konkreten Bedingungen seiner Existenz wie ein vorgegebenes Puzzle zu lösen.

Für Nietzsche ist die bestehende Zivilisation, die seit Jahrtausenden immer nur darauf aus war, die Triebstruktur des Menschen ins Sittliche zu sublimieren, ein sicheres Mittel zum Untergang. Er ist gegen die »Domestikation« des Menschen. Er will die bisherige Kultur nicht, er will eine andere, besser gar keine Kultur. Er will das Recht des Stärkeren als Willen zur Macht, aber der Stärkere soll eben auch der bessere, der höhere Mensch sein. Den Willen zur Macht will er ganz unbewußt, so wie die Natur sich im Stoffwechsel unbewußt Geltung verschafft. Bewußter Wille zur Macht ist ihm schon wieder ein Schritt hin zur »Domestikation«. »Wille als Macht zur Erkenntnis«, notiert er, »heißt nicht erkennen, sondern schematisieren, dem Chaos so viel Regularität und Formen auferlegen, als es unserem praktischen Bedürfnis genug ist.«

Nietzsche ist diesen eisigen, zivilisationsentrückten Weg nicht bis ans Ende gegangen. Statt dessen bricht er seine Notizen zu diesem Thema ab und beginnt, als hätte er keine Zeit mehr, mit einer Zusammenfassung seiner bisherigen Veröffentlichungen, aber jetzt unter der Maßgabe gigantischen Eigenlobs. Man hat Nietzsches Philosophieren immer wieder als radikalste Widerlegung der modernen Welt bezeichnet. Hat man ihn da nicht fehlgedeutet? Liegt seine Bedeutung nicht vielmehr in der Verteidigung des Ego, dem letzten Wahrheitsgrund der menschlichen Existenz?

Wir können Nietzsches Gedankenarbeit nicht nur anthropologische Ambitionen, eben das Übersteigen der herkömmlichen Zivilisation, zubilligen. Nietzsches Unzeitgemäßheit resultiert auch aus der Unerlöstheit seines Subjekts. Es gibt keinen Philosophen, der derart vorbehaltlos, ungeschützt und also auf eigenes Risiko sich selbst als Subjekt in Schutz genommen hat, und dies in einer Welt, die das Phänomen des Ego unter seiner Quantifizierbarkeit schamhaft verstecken zu müssen glaubte. »Ich denke, also bin ich.« Nietzsche hat diesem Satz von Descartes den Heiligenschein heruntergerissen, indem er herausschrie: »Ich erlaube mir zu denken, daß ich bin!«

Dem auf sich selbst verwiesenen Subjekt zerfällt die Welt in Scherben, und das ist es, was wir an Nietzsches radikalem Subjektivismus bewundern. Er hatte den Mut einzugestehen: »Die Wahrheit bin ich selbst.« Er ist und bleibt mit seinen überlieferten Ambitionen ein Verhängnis, indem er den Finger auf die wundesten Punkte der Evolution legt. Es ist die Unfähigkeit zur vollständigen »Domestikation«. Es ist der Widerspruch zwischen der Triebhaftigkeit des Ego und der auf Disziplinierung abzielenden Zivilisation. Es ist die permanente Unfähigkeit des einzelnen, sich unter dem Zwang zur gemeinschaftlichen Existenz frei zu fühlen. Dies erkannt zu haben macht Nietzsches Aktualität und Bedeutung aus, und dies wäre die Sprengkraft seiner Gedankenwelt, auf die wir im 21. Jahrhundert eine Antwort finden müssen.

Es gibt in Deutschland einen Ort, in dem die Unheimlichkeit als historische Kontinuität aufscheint. Im vorigen Jahr besuchte ich das erste Mal Weimar und war beeindruckt von der Naturnähe und dem schönen Schein klassischer Humanität. Hier die überlieferten Fassaden eines der Aufklärung verpflichteten Duodezfürsten, dort die Niederungen einer Parklandschaft mit fließendem Gewässer und Goethes Gartenhaus »in der Mitten«. Vor hundertfünfzig Jahren wuchs beinahe noch Korn bis an die Geburtsstätten der Klassiker. Hier, auf dieser politischen Klitsche, hatte Napoleon den Ehrenbürger Frankreichs, den Geheimrat Goethe, aufstöbern müssen. Nicht nur die klassische deutsche Literatur, auch die hohe Politik, die Weimarer Republik, denkt man sich, wurde aus dem Geiste idyllischer Naturnähe geboren.

Und tatsächlich: Über allem scheint die Sonne, und auf dem Marktplatz sitzt es sich vorzüglich bei einem Glas Bier oder Wein. Nicht einmal wenn es regnet, kann an dieser Stelle, denkt man sich, der Eindruck von »Unbehaustheit« entstehen. Am nächsten Tag allerdings wird man eines Besseren belehrt. Vorausgesetzt, man entschließt sich, die Gedenkstätte Buchenwald zu besuchen.

Auf dem zerstörten Gelände ebenfalls der Eindruck von Provinzialität und Naturnähe. Nur die Vorzeichen, setzt man eine wertende Ethik voraus, sind seitenverkehrt. In Goethes Parklandschaft überall Spuren eines menschenfreundlichen gutgemeinten Pantheismus, in Buchenwald die Spuren des Bösen, ebenso aus dem Geist der Idylle erzeugt. Wo Schiller sein »Seid umschlungen, Millionen« noch ohne ethischen Hintergedanken in die Welt setzte, wollte Himmler gewisse Unterschiede geltend machen. Und ebendiese Unterschiede sind in Buchenwald zu besichtigen.

Da gibt es für die SS einen Bärenzwinger und weiter abseits einen Falkenhof, dazu, symmetrisch geordnet und immer im Waldschatten versteckt, Einfamilienhäuser für die Ärzte, die tagsüber jene Häftlinge, die nicht zu den »Millionen Umschlungenen« gehören sollten, zu Tode spritzten. Ich habe den gekachelten Raum gesehen, in dem dies geschah, auch den Leichenkeller und die Verbrennungsöfen und die Erschiessungsanlagen für die Kriegsgefangenen, und es ist gut vorstellbar, daß man an diesem Anblick irre werden kann. Ich jedenfalls konnte mir beim erneuten Durchqueren der Parklandschaft Goethe nur noch in Gesellschaft des wahnsinnigen Nietzsche vorstellen. Hier der gemächliche Schritt, die alles überdenkende, alles ins Humane hinüberrettende Kontemplation, dort die Bocksprünge desjenigen, der mit dem Willen zur Macht die Spuren, die Goethe hinterläßt, mit wilder, barbarisch gemeinter Gebärde wieder verwischt. Es spukt in Weimar, so kam es mir vor. Hier kann man den Riß, der das deutsche Gemüt im letzten Jahrhundert geprägt hat, nachhaltig spüren. Es ist der Eindruck von Irritation bis ins Unheimliche hinein, und die Grundmuster des Anschaulichen sind und bleiben immer naturnah und idyllisch eingefärbt.

Hatten die Londoner Kunstkritiker also recht, wenn sie, anläßlich einer Ausstellung deutscher Malerei aus der Romantik, Caspar David Friedrich als Vorläufer Hitlers bezeichneten? Die Engländer, die auch Heideggers Denken in die Epoche der Gebrüder Grimm, also in das Grundmuster »Rotkäppchen und der Wolf«, zurückdatieren möchten, sind hier besonders empfindlich. Und doch muß man sagen: Das imperiale Gehabe anderer Großmächte, etwa Frankreichs, Italiens oder eben Englands, kannte in den letzten

Jahrhunderten die Beimischung des Unheimlichen aus Naturnähe und Idylle nicht. Hier wurde, wenn auch mit viktorianischer oder neuklassizistischer Gebärde, immer nur nüchterne, auf Überschaubarkeit hindrängende Machtpolitik betrieben. Nur einem Deutschen, nämlich Heinrich Himmler, war es vorbehalten, der Welt einmal zu zeigen, daß derlei auch aus überliefertem Aberglauben, aus der Spukwelt altgermanischer Runen- und Sühnezeichen, aus der Beschaulichkeit einer Parklandschaft, unter Hinzuziehung eines phantasievoll eingekleideten Erschießungskommandos, seine blutigen Spuren hinterlassen kann.

Zeichen der Kunst

Streben nach Transzendenz

»Nehmt ein Kind«, schrieb Kierkegaard als Fünfunddreißigjähriger, »das man nicht mit Geschwätz verdorben hat und dadurch, daß man es auswendig lernen läßt, Christus sei gekreuzigt worden; nehmt ein solches Kind, legt ihm so verschiedene Bilderbogen vor, einen Mann zu Pferde mit einem Dreispitz und so weiter: Alexander, Napoleon und ähnliche. Mischt darauf zwischen diese Bilder das vom Gekreuzigten. Das Kind wird nun bei diesem Bilde wie bei jedem der übrigen fragen: wer ist das? Sagt nun zu dem Kinde: das war der liebevollste Mensch, der jemals gelebt hat – dann wird das Kind fragen: aber wer hat ihn denn getötet, und weshalb hat man ihn getötet?«[13]

Diese Frage, die ausschließlich der Logik der Unschuld folgt, ist bis auf den heutigen Tag ohne Antwort geblieben. Und auch als Menschheitsmetapher, jenseits aller Gebundenheit an die Offenbarung, bezeichnet die Kreuzigung Christi immer noch den Zustand der Welt. Wir sind befähigt, ethisch zu handeln, aber der Intellekt manipuliert diese Fähigkeit allzuoft in ihr Gegenteil, so daß wir unsere guten Absichten, um sie vor dem eigenen Zugriff zu schützen, ins Absolute, also zur Transzendenz erheben müssen. Und schickt uns Gott, um bei der christlichen Deutung des Überirdischen zu bleiben, seinen Sohn, um uns aus dieser

Unvereinbarkeit zu erlösen, dann nageln wir ihn ans Kreuz. Wir müssen heute, nach fast vierhundertjähriger Geschichte europäischer Aufklärung, zugeben, daß mehr von der bewußten Natur des Menschen der Metaphysik zugerechnet werden muß, als uns lieb sein kann, und daß es offenbar doch ein Sündenfall war, vom Baum der Erkenntnis zu essen.

Die Indizien sind zur Genüge bekannt. Das Erkenntnisvermögen des Menschen macht den Selbstmord der Gattung möglich. Wir wissen, daß wir vom Affen abstammen und dieser wiederum vom Quastenflosser und dieser zuletzt von Aminosäuren und so fort. Die Evolutionstheorie erklärt uns den Akt der Schöpfung aus einer Statistik von Zufällen. Wir können durch Radioteleskope der Vernichtung und Entstehung von Materie zusehen. Der Urknall, mit dem dieses Universum begann, soll noch im Hintergrundrauschen rekonstruierbar sein. Wir wissen, daß sich unsere Sonne in einigen Milliarden Jahren vor dem endgültigen Kollaps ausdehnen und das Planetensystem verdampfen lassen wird. Wir wissen aber auch, daß die Vorstellungswelt des Menschen gegenüber der wahrgenommenen Welt in Bedrängnis geraten ist, und merkwürdigerweise erscheint uns dies als unüberwindbare Not.

Guardini findet harte Worte für jene Epoche, in der Wissenschaft und Philosophie sich vor allem um die Emanzipation des einzelnen, um dessen Willen zur Freiheit kümmerten, und daß dies gegen die Mythologie des Christentums gerichtet war. In seiner kleinen Schrift *Das Ende der Neuzeit* prophezeit er uns eine Welt, in der Erkenntnis nur als Mittel zur Tautologie, also Erkenntnis der Erkenntnis wegen, oder als Mittel zur Macht oder als raffiniert-technische Übersteigerung täglicher Lebensgewohnheiten Anwendung findet.

»Im Maße das geschieht«, schreibt er, »sinkt die religiöse Empfänglichkeit. Darunter verstehen wir, noch einmal gesagt, nicht den Glauben an die christliche Offenbarung und die Führung eines von ihr her bestimmten Lebens, sondern das unmittelbare Ansprechen auf den religiösen Gehalt der Dinge, das Erfaßtwerden von der Geheimnisströmung der Welt, wie es sich bei allen Völkern und zu allen Zeiten findet.«

Für Guardini bleibt das christliche Dogma, da es sich auf die Existenz Gottes gründet, letzten Endes gesichert. Aber was geschieht, wenn die Vorstellungswelt überhaupt, nicht nur im Bereich des Religiösen, verkümmert, ja sogar unter Strafe gestellt wird? Und können wir Guardinis These von »der Unwahrheit des Autonomiegedankens« und daß »ein Kulturaufbau, der Gott wegtut, nicht gelingen kann«, überhaupt noch ernsthaft in Erwägung ziehen?

Es gibt eine gesellschaftspolitische Bewegung, die diese Fragestellung verschärft und, wie ich meine, geklärt und vielleicht sogar beantwortet hat, ich rede von der Theorie, besser von der Weltanschauung des Marxismus-Leninismus. Der Marxismus ist ja mehr noch als Guardini dies von der Neuzeit behauptet, ein Ziehkind der Aufklärung und des Autonomiegedankens. Radikaler wurden Welt und Mensch noch nie aus der Sicht der Wissenschaft erfaßt und zur Materialität erklärt. Hegels spekulativer Ansatz, nämlich, daß sich der Progreß des Erkennens als Qualität des Absoluten, des Weltgeistes, vollzieht, wird nun als Selbsterkenntnis der

Gattung aufgefaßt, und Marx gibt in seinen *Pariser Manuskripten* einen Vorschein dessen, was unter dem Begriff Marxismus-Leninismus gesellschaftliche Wirklichkeit werden soll: Es ist der von jeder transzendenten Einbildung freie, nur der eigenen kritischen Gedankenarbeit verpflichtete einzelne, der sich selber sozial bestimmt und der nun endlich fähig wird, die Ethik aus ihrer flüchtigen, metaphysischen Form zu erlösen. Es ist die Gottwerdung des Menschen aus der Anstrengung zur Vernunft, und höher läßt sich der Autonomiegedanke nicht treiben. Der wissenschaftliche Sozialismus, der die negative Verwicklung des Menschen mit dem Menschen, ebenso dessen Stoffwechsel mit der Natur, bessern will, läßt nur die Kriterien des Wahrnehmbaren gelten. Sogar den Atheismus erledigt der frühe Marx mit dem Hinweis: »Wo es Gott nicht gibt, erübrigt sich jede Gegnerschaft.«

Die Ernüchterung kam schnell. Auch die Französische Revolution kannte die Herrschaft des sich tugendhaft und unfehlbar dünkenden Intellekts, aber erst das Zeitalter der Massenemanzipation betreibt die Gewalt als Sozialwissenschaft. So war für Stalin der Vernichtungswille gegen die Kulaken und die innerparteiliche Opposition purer Rationalismus, und für Pol Pot, der sich ausdrücklich auf sein Studium an der Sorbonne beruft, war die gewaltige Schädelstätte, die er in Kambodscha hinterließ, durchaus tugendhaft gemeint. Die Beispiele ließen sich fortsetzen. Ich will aber an dieser Stelle keine Weltanschauung denunzieren, an der ich selbst, und mit so großer Hoffnung, partizipiert habe. Ich will lediglich an einer historischen Erfahrung festhalten, die wir dem Marxismus-Leninismus verdanken:

Der Mensch bleibt, auch wenn er seine Gedankenarbeit den allerbesten Absichten widmet, unerlöst, und merkwürdigerweise werden Vernunft und Ethik, wenn sie sich der Transzendenz entziehen, bis zur Unkenntlichkeit entstellt.

Kierkegaard hat dies mit seiner Gleichung, daß dem Subjekt das Verhältnis zur Welt nur gelingen kann, wenn sein Verhältnis zu Gott gelingt, anschaulich gemacht, und auch Schopenhauer hat mit der Behauptung, der Intellekt könne von der Welt nur eine Vorstellung, nie ein wirkliches Begreifen herbeizaubern, die metaphysische Bedürftigkeit des Menschen ausdrücklich anerkannt. Aber ihnen fehlte, um die Hegelsche Erkenntnisherrschaft zu widerlegen, der gesellschaftspolitische Beweis, und der scheint mit dem Niedergang des historischen und des dialektischen Materialismus nun allerdings gegeben.

Die metaphysische Bedürftigkeit, das notwendige Streben nach Transzendenz. Ich gebe zu, daß mir die Zuversicht, mit der Guardini die Priorität des christlichen Dogmas behauptet, Schwierigkeiten bereitet. Er selbst weist alle Versuche, den Polytheismus der Antike wiederzubeleben, als bloßes Historisieren ab, aber auch den Existentialismus läßt er nicht gelten, wenn es darum geht, Klarheit über die letzten Dinge dieser Welt zu gewinnen. Aber ist Transzendenz nicht überhaupt etwas zutiefst Ungeklärtes? Und liegt darin nicht die Kraft und der Trost, den wir für die tägliche Lebenserfahrung brauchen? Und kann nicht jede Einbildung, die wir von dem Absoluten entwickeln, gleichberechtigt neben der christlichen Offenbarung bestehen, wenn alle nur in Geist und Empfindung miteinander vereinbar sind? Ob Gott existiert oder ob wir eine unstillbare Sehnsucht nach seiner Existenz haben, dies kommt, sittlich gesehen, beinahe auf dasselbe hinaus. Wer die Sinnlosigkeit des Lebens zum Prinzip erhebt, hat keine bessere Gewißheit vorzuweisen als jener, der an einen Schöpfer oder an das Heilsversprechen glaubt.

Nihilist oder Christ, es kommt letzten Endes darauf an, wie der einzelne auf die Erfahrung der Transzendenz, die allgegenwärtig ist, reagiert. Da ist die Frau, die nicht altern will und vor dem Spiegel gegen ihre Betroffenheit ankämpft, darüber, daß das Phänomen der Zeit unwiderruflich an ihr vollzogen wird. Da ist die Mutter, die sich fragt, warum ausgerechnet ihr Sohn an eben der Krankheit sterben mußte, von der ein anderer auf wunderbare Weise genesen ist. Da ist die gekränkte Liebe, die sich von der Erde fortwünscht. Oder der Erfolglose, der sich zurückzieht, um mit seinem Schicksal einig zu sein. »So ist es«, sagt Fontanes Dubslav zu seinem Sohn, »ich habe nicht den Grashalm sicher, den ich hier ausreiße. Demut. Demut.« Und schließlich ist da etwas, das ich die Irritation des Ego nennen möchte, ein nie endendes Gefühl der Unsicherheit, das mit jedem denkenden Subjekt neu in die Welt eintritt. Die uralte Frage: Wer bin ich, wo komme ich her, wo gehe ich hin? Warum ist alles relativ, nur meine eigene Unterschiedenheit zu dem anderen absolut gesetzt?

»Jedes Seiende ist mehr als es selbst«, schreibt Guardini, »jedes Geschehnis bedeutet mehr als seinen dürren Vollzug«, aber eben dieses Mehr-Sein oder Mehr-Bedeuten ist für mich ein »Erfaßtwerden von der Geheimnisströmung der Welt« und nicht, wie Guardini es deutet, eine komplexe Kausalität bis hin zu Gott. Mich tröstet die im Unbestimmten belassene, durch keinerlei Vorstellung festgezurrte Transzendenz, und ich würde mich in dem Pascalschen »Gott liebt es, sich zu verstecken« eher aufgehoben fühlen als in der Offenbarung.

Aber nun tritt, wie ich meine, etwas Wichtiges hinzu: Schopenhauer definiert die metaphysische Bedürftigkeit als Verlangen nach der Überwindung des Todes, und das ist natürlich nur die halbe Wahrheit. Um wieviel vorsichtiger, genauer und menschenfreundlicher ist doch die bitter geäußerte Hoffnung Horkheimers, es müsse nach dem Tode einen Ausgleich für alle Ungerechtigkeit des Lebens geben, sonst könne man die Welt, so wie sie ist, keinen Augenblick ertragen. Und was ist diese Sehnsucht nach Ethik anderes als metaphysische Bedürftigkeit? So entsteht Nächstenliebe, aber nicht unter dem Versprechen der Heilserwartung, sondern aus Ratlosigkeit, Irritation, eben aus einer Transzendenzerfahrung, die unfähig bleibt, sich zu ideologisieren. So entsteht Demut, wie sie auch dem Christen nur verwandt sein kann, und daß Horkheimer, ohne daran zu glauben, ja ohne sich dessen vielleicht bewußt zu sein, mit seiner Bemerkung die Vorstellung vom Jüngsten Gericht streift, macht, wie ich meine, beinahe wieder keinen Unterschied. Denn die Idee des Christentums ist, jenseits aller Dogmatik, Bestandteil ebenjener gedachten Transzendenz, die sich auf das Sittliche beruft, und sie muß sich die Säkularisierung gefallen lassen. Sonst wäre das Bildnis des Gekreuzigten für die Trauer des Nicht-Christen unerreichbar.

Was bedeutet dies alles nun für die Kunst, und kann die Kunst andere Zeichen setzen als Religion, Philosophie, Wissenschaft? Wir besitzen über diese Frage gewichtige Äußerungen von Kant bis Hegel, von Schopenhauer bis Georg Lukács, Camus hat sich über den absurden Roman geäußert, ich will deshalb nur über gewisse Aspekte sprechen, die mir, jenseits aller Systematisierung, wichtig erscheinen. Kunst ist zunächst etwas, das ausschließlich der Vorstellungswelt angehört. Daß sie ihre Impulse auch aus der Anschauung, dem Erleben des Wirklichen bezieht, ändert nichts daran, daß sie eine neue, höchst spekulative Welt hervorbringt, und merkwürdigerweise ist es dem Erkenntnisvermögen, das die historische Tendenz auf seiner Seite hat, nie gelungen, dem Menschen diese Neigung zur Phantasie auszutreiben. Woran liegt das?

Man höre Toccata und Fuge von Johann Sebastian Bach, um zu erleben, wie hier eine Gewißheit von Gottesnähe entsteht, und ohne Anstrengung des Intellekts, ohne die Überzeugungsarbeit empirischer Logik. Was bedeuten die Ausgrabungen Schliemanns gegen jene lawinenartige Legende, die Homer mit seiner *Ilias* losgetreten hat und die die Vorstellungswelt der Antike, der Renaissance, des Klassizismus, ja die der leichteren Muse bis hin zu Offenbach und Giraudoux beschäftigte.

Was sind die rekonstruktiven Beschreibungen Winckelmanns gegen das Aufblühen der Griechenlandschwärmerei bei Hölderlin, Kleist, Goethe, Schiller, von Platen? Ja ein Bild von Vincent van Gogh wiegt allemal das Wunder der Pariser Weltausstellung auf. Und Kafka, um nur einen der genialen Schriftsteller dieses Jahrhunderts zu nennen, wo hätte die Sozialwissenschaft auch im entferntesten jene gesellschaftlichen Zustände vorausgeahnt, die Kafka mit traumwandlerischer Sicherheit beschrieben hat. Man nenne mir jenes analytische Genie, das in der Lage wäre, Kafkas Erzählung *Ein Landarzt* auszuloten. Hier haben wir in einer zweiten, willkürlich hervorgebrachten Anschauung noch einmal das Leben vor Augen, aber darin alle Wahrheit, um die sich auch die Philosophie bemüht oder die Religion oder eben die Wissenschaft.

Erkenntnis will das Tatsächliche begreiflich machen, die Kunst will das Tatsächliche sublimieren, und zwar am heftigsten dort, wo die Tatsachen des Lebens anfangen unbegreiflich zu werden, dort wird sie zur Grenzgängerin und ist völlig frei.

Kunst hat offenbar die Eigenschaft, sich metamorph zu verhalten, sie kann, obwohl unter einer bestimmten Ambition entstanden, dieselbe überspringen, hinter sich lassen, neue, bisher verdeckte Perspektiven werden sichtbar, so daß spätere Generationen daran schöpferisch partizipieren können. Wie anders könnte man es erklären, daß uns die *Marienvesper* von Monteverdi ebenso bewegt wie Mozarts *Krönungsmesse* oder Schönbergs *Verklärte Nacht,* obwohl sie verschiedenen Jahrhunderten angehören?

Die Wirkung der Kunst ist aber auch archetypisch, weil sie umfassend bleibt und nicht, wie die Wissenschaft, darauf aus ist, das Wirkliche aus dem Unwirklichen auszugrenzen. Sie scheut, selbst wo sie Einsichten vermitteln will, nie die Verwicklung mit dem Spekulativen, ja das Spekulative der Kunst ist wie ein Brennglas, das die Wahrheit bündelt, um sie gleich wieder als Fata Morgana aufscheinen zu lassen.

Es gibt immer Bestrebungen, der Kunst einen untergeordneten Rang zuzuweisen. Sie sei begriffsarm und nur der Anschauung zugewandt, und Kants Definition, Kunst erzeuge interesseloses Wohlgefallen, verweist sie in den Bereich des Erbaulichen. Die Kunst ist aber in ihrer historischen Dimension die utopische Variante zur Gattungsgeschichte. Nicht dort, wo sie Macht, Willkür, Grausamkeit verherrlicht; dort verkommt sie zur Tautologie, überhaupt verkümmert ihre Substanz, wenn sie sich kulturpolitisch legitimieren will. Aber wo sie der Überheblichkeit, dem Hochmut der menschlichen Natur widerspricht oder auch nur, wo sie, wie bei Goya, den Wahnsinn von Gewaltanwendung in stummen Bildern festhält, dort sorgt sie für eine Kontinuität des Gewissens.

Zur Phänomenologie des Geistes gehört eben nicht nur Erkenntnisarbeit, sondern auch der Zwang zur Sublimation, und wo uns die Erkenntnis nicht trösten kann, sondern, wie bei Pascal geschehen, in Schrecken und Verzweiflung stürzt, dort leistet die Kunst jene Vermittlung zwischen Wirklichkeit und Transzendenz, die Religion und Wissenschaft gegeneinander ausgrenzen. Jene, indem sie die Wirklichkeit als Transzendenz deutet, diese, indem sie die Transzendenz als Wirklichkeit entlarven will. Die Kunst aber vereint beides und ist, was die Deutung unserer Existenz angeht, ganz und gar unparteiisch, und so kann sie alles, was unter gegenseitiger Ausgrenzung aneinander leidet, trösten. Ich sage ausdrücklich trösten, nicht erlösen! Aber nur der Kunst ist, wie ich meine, jene Frage, ob Christus Gottes Sohn oder eines Menschen Sohn war, unerheblich, weil sie an der Anschauung des Gekreuzigten ein Genüge hat und alle Deutung, die die Betroffenheit einer solchen Anschauung übersteigen könnte, unterläßt und somit unschuldig bleibt wie jenes

Kind, das bei Kierkegaard fragt: »Aber wer hat ihn denn getötet, und weshalb hat man ihn getötet?«

Merkwürdigerweise bleibt die Kunst auch von der ideologischen Ambition ihrer Urheber beinahe unberührt. Die Sehnsucht vieler Poeten nach der, wie Benn sagen würde, Ausdruckswelt geht immer wieder eine Symbiose mit jener politischen Macht ein, die diktatorische Züge trägt. Der Klassizismus beruft sich auf das Augusteische Zeitalter, von dem wir wissen, daß die Mächtigen allen Künsten, besonders aber der Literatur, günstig gestimmt waren. Mäkenas lauschte unter Pinien und Lorbeerbäumen den neuesten Erfindungen von Horaz und Vergil, und so viel Kunstverständnis von Staats wegen war auch für Shakespeare »ein Ziel, aufs innigste zu wünschen«. Er wollte den Adelstitel und eine starke Monarchie, die puritanische Revolution hatte er zu fürchten. Zweihundert, dreihundert Jahre Distanz ändern an dem Sachverhalt wenig. Heines und Nietzsches Demokratieverachtung war purer Reflex auf die beginnende soziale Nivellierung, und Benns »Dorische Welt«, ja seine Zustimmung zum nationalsozialistischen Züchtungsgedanken fanden ihr jähes Ende erst, als klar wurde, daß nicht deutsche Kunst und Architektur, sondern Auschwitz die einem Adolf Hitler gemäße Ausdruckswelt war. Auch der Marxismus kennt diese Wahlverwandtschaft. Ich erinnere an Brecht und Lucács, die ihre Ästhetik der sogenannten Diktatur des Proletariats, also dem Absolutismus Stalins, widmeten.

Die Diktaturen der Industriegesellschaft haben keinen Sinn für das Zusammenwirken von Macht, Geist und dem Schein des Schönen, wie es für den Absolutismus des 17. und

18. Jahrhunderts beinahe die Regel war. Sie versuchen, jede Äußerung, auch die empfindsamste, privateste, ihren politischen Zwecken dienstbar zu machen. Wie aber stehen die Zeichen der Kunst in den sogenannten Demokratien, deren politisches Selbstverständnis ausdrücklich der Freiheit des einzelnen und dem ungehinderten Spiel nicht nur der ökonomischen, auch der moralischen, also nach Maßgabe der Rentabilität kaum verwertbaren Kräfte gewidmet ist?

Es gibt zwei geistesgeschichtliche Entwicklungen, die noch nicht abgeschlossen sind: Ich meine die Verabschiedung der Antike in der bitteren Gewißheit darüber, daß sich der Mensch, was die Moral betrifft, nicht auf sich selbst verlassen kann. Es ist die Geburtsstunde des Christentums oder auch, wie Hegel sagt, des unglücklichen Bewußtseins. »Der Mensch tritt auf eine andere existentielle Ebene«, schreibt Guardini. »Sein Dasein gewinnt einen Ernst, den die Antike nicht gekannt hat.« Die Kunst, vor allem in Musik und Malerei, begleitet diesen Ernst über Jahrhunderte, und daß das Christentum heute an Einfluß verliert, ändert nichts an der Substanz der Sache.

Die zweite Entwicklung zeichnet sich in der Mitte des 19. Jahrhunderts ab. Es ist die Gewißheit darüber, daß der Mensch auch in der erkennenden Vernunft kein Mittel besitzt, um über die Gründe seiner Existenz Klarheit zu gewinnen. Es ist die Geburtsstunde des Nihilismus, und hier steigert sich der Ernst, den Guardini für das Christentum in Anspruch genommen hat, bis zur Verzweiflung. Es gibt Widerstände: ein letztes Aufbäumen bei Nietzsche, der auf das Christentum einschlägt, in Wahrheit aber den Nihilismus meint, der ihm angst macht und dessen Ziehkind er ist.

Die Illusion der materialistischen Weltanschauung entsteht, aber auch Physiker und Mathematiker, die tiefer blicken, als der Positivismus es zuläßt, wehren sich. Allerdings vergebens, und so findet Bertrand Russell, den ich einen modernen Pascal nennen würde, die erschütternden Worte:

»Allein um Mitternacht in meinem Turm, erinnere ich mich an die Wälder und Hügel, an den See und den Himmel, die das Tageslicht gezeigt hat. Jetzt, wo ich durch jedes der vier Fenster blicke, nach Norden, Süden, Osten und Westen, sehe ich nur mein eigenes Bild, trübe widergespiegelt oder in schrecklicher Undurchsichtigkeit als Schatten auf dem Nebel. Was tut's? Wenn ich vom Schlaf erwache, wird der morgige Sonnenaufgang die Schönheit der äußeren Welt zurückbringen. Aber die geistige Nacht, die sich auf mich gesenkt hat, ist weniger kurz und verspricht kein Erwachen nach dem Schlaf. Früher schienen mir Grausamkeit und Gemeinheit, die staubigen, verzehrenden Leidenschaften des menschlichen Lebens, ein Geringes, wie ein aufgelöster Mißklang in der Musik, zwischen dem Glanz der Sterne und der erhabenen Prozession der geologischen Zeitalter. Nun aber ist alles zusammengeschrumpft und nicht mehr als mein Abbild in den Fenstern der Seele, durch die ich hinaussehe in die Nacht des Nichts. Nie hat man einen dunkleren und engeren Kerker gebaut als den, in den die Schattenphysik unserer Zeit uns einschließt, denn jeder Gefangene glaubte einst, daß außerhalb seiner Mauern eine freie Welt existiere; nun aber ist das ganze Universum Gefängnis geworden. Es herrscht Dunkelheit draußen, und wenn ich sterbe, wird Dunkelheit drinnen herrschen. Nirgends ist Glanz oder Weite; nur Belanglosigkeit für einen Augenblick, und dann nichts. Warum in einer solchen Welt leben? Warum gar sterben?«[14]

Dies schrieb Russell 1931, und hier findet der Nihilismus, der meist als Wille zur Zerstörung und Verneinung alles Bestehenden aufgefaßt wird, seine konstruktive Deutung, denn Russell sagt ausdrücklich, daß er mit dem allerschwersten Rüstzeug seines Geistes immer nur auf der Suche nach Gott war. Und daß er seine tiefe Verzweiflung nicht, wie Pascal, durch eine Flucht aus der Erkenntniswelt in die Vorstellungswelt beenden konnte, dies ändert nichts an seiner moralischen Glaubwürdigkeit. Im Gegenteil, ich nehme diesen englischen Philosophen geradezu als Beweis, daß Christentum und Nihilismus, und sei es auch nur aus dem gleichen Ernst und aus der gleichen Erfahrung existentieller Not, zusammengehören. Und doch beobachten wir, daß alle Kräfte, die sittlich miteinander verwandt sind, seit Beginn der zweiten industriellen Revolution hoffnungslos auseinanderfallen. Dies gilt auch für die Kunst.

Die Ratlosigkeit, ja Melancholie gegenüber dem Wahrnehmbaren beginnt in der Malerei mit dem Impressionismus, der die Außenwelt ausdrücklich nicht mehr als Objekt, sondern als Mittel zum subjektiven Erlebnis gewertet wissen will. Die Franzosen finden auf diese Weise zu einer vorher nie gekannten Heiterkeit, aber sie ist nicht mehr ungebrochen wie bei Watteau, und die Unsicherheit einer solchen vom pessimistischen Zeitgeist belasteten Form macht sich rasch bemerkbar. Picasso leitet mit seinem »Die Mädchen von Avignon« den Expressionismus ein, der nun in rascher Folge immer neue Varianten hervorbringt. Die Form kommt nicht mehr zur Ruhe, und dies wird zum künstlerischen Ausdruck einer verunsicherten Welt. Wir erleben, und dies in wenigen Jahrzehnten, den analytischen und synthetischen Kubismus, den Futurismus, Fauvismus, Konstruktivismus, Dadaismus, Surrealismus, Tachismus und andere Stilrichtungen, und nun kommt das Entscheidende:

Nicht nur die Malerei, die Kunst überhaupt, verliert das Bewußtsein ihrer Formkrise und damit ihr Wissen um ihre Stellung im Gesamtzusammenhang der Welt. Jetzt wird der Wechsel der Form zur Substanz erklärt, und die Behauptung, die Kunst sei wesentlich Avantgarde, ist die Geburtsstunde der Selbstvergessenheit alles Ästhetischen.

Dies ist der Zustand, in dem wir uns augenblicklich befinden. Benn hat darauf hingewiesen, daß in einer Gesellschaft, der die Kunst kein unmittelbares Bedürfnis mehr ist, der Staat durch den Einsatz von Subventionsmitteln immer nur die Betriebsamkeit von Kultur, nie aber jene schöpferischen Kräfte wiederbeleben kann, die sich aus dem Unsichtbaren entwickeln und allein der subjektiven Spontaneität verpflichtet sind. Wo die Kunst ihr Gedächtnis für den Gesamtzusammenhang, in dem sie einzig angesiedelt ist, verliert, verliert sie auch die Fähigkeit zum Äquivalent. Das heißt, es gelingt ihr immer weniger, spontan auf ein Publikum zu wirken. Sie wird eine Sache des Managements, und tatsächlich erleben wir heute, daß über Kunst im Kulturbetrieb, in den Spalten des Feuilletons und in Kritikerkommissionen entschieden wird und daß dies auch das Kunstverständnis des Politikers formt.

»Kunst als Gestaltung nach ästhetischen Gesichtspunkten«, wie Guardini schreibt, also Tautologie, ausgeschmückt mit dem Anspruch des Urbanen, was oft heißen soll, des

Zynischen, Überheblichen, Schamlosen. Wir kennen den Zerfall der römischen Theaterkunst, der ähnliche Wege gegangen ist, und Benns Bemerkung, das alte Rom müßte, gemessen am Zustand seiner Kanalisation und Straßenbeleuchtung, heute noch bestehen, weist darauf hin, daß ein Volk nicht nur an ökonomischer, ebensogut an geistig-moralischer Erschöpfung zugrunde gehen kann.

Es gibt Kräfte, die dem Herrschaftsanspruch der Medien widersprechen und auch Erfolg haben in ihrem Bemühen, sich dem Prinzip der Absprache aus Konkurrenz, das besonders das Theater ins kulturpolitische Chaos geführt hat, zu entziehen. Es kommt aber, soll die Kunst aus ihrer Selbstvergessenheit und Manipulierbarkeit herausfinden, darauf an, daß auch andere Bereiche des geistigen Lebens, also Philosophie, Religion, Wissenschaft, ihre Ghettoisierung durchbrechen und sich ihre Verwandtschaft mit der Kunst, die sie als Phänomenologie des Geistes natürlicherweise bilden, in Erinnerung rufen, um mit ihr zusammenzuarbeiten, so wie es bis in die zwanziger Jahre, ich denke an Musil, Thomas Mann, Ricarda Huch, Schönberg, Barlach, allerüblichste Gewohnheit war. Auch der Umgang mit der Tradition war selbstverständlich. Was wäre Edvard Munch ohne Kierkegaard, was Benn ohne Nietzsche, was Čechov ohne Schopenhauer, was Kafka ohne den jüdischen Mystizismus?

Aber die Entwicklung ist keineswegs abgeschlossen, und der Horizont, unter dem die augenblickliche Verharmlosung und Verflachung geschieht, bleibt unverändert. Es ist, ich wiederhole, die Gewißheit, daß wir unfähig zur Ethik sind, wenn wir diese nicht zur Transzendenz erheben, und daß uns der Nihilismus, auch in seiner milderen Spielart, dem Existentialismus, zur unumkehrbaren Erkenntnis geworden ist. Hinzu kommt, »daß Kultur etwas anderes ist«, wie Guardini schreibt, »als die Neuzeit gemeint hat: keine schöne Sicherheit, sondern ein Wagnis auf Leben und Tod, von dem niemand weiß, wie es ausgehen wird.« Davon wußte schon die Kunst im ersten Drittel unseres Jahrhunderts, aber sie hat, wie ich meine, unbedingter und wesentlicher reagiert. Die frühen Arbeiten Heckels, aber auch Kirchner, Munch zeigen ihre Verstörtheit noch ganz unverstellt, so wie Čechov, Bang, Schnitzler ihrer Melancholie noch nicht die Attitüde der zynischen Überlegenheit geben. Es scheint mir im übrigen kein Zufall, daß Thomas Mann dem Künstlernaturell seiner Zeit besondere Aufmerksamkeit widmete. Er ahnte wohl, wie sehr auch hier die Vorstellungswelt in Bedrängnis geraten würde. Und wie soll der Schriftsteller heute seine schöpferische Kraft vertiefen, wenn existentieller Ernst allzuoft als Humorlosigkeit denunziert wird, ein Vorgang, der am deutlichsten zeigt, wie sehr unsere Gegenwart alle Belange des Lebens und des Sterbens auf einen Witz heruntergebracht haben will.

Guardini hat für das Mittelalter eine Form von Erkenntnis geltend gemacht, der das positive Wissen von der Natur nicht das wesentliche war. Das mittelalterliche Denken wollte die Welt nicht empirisch durchdringen, sondern wollte »Welt bauen«, wie Guardini schreibt. Sicher, die Wissenschaft ist einen anderen Weg gegangen, und heute denken wir darüber nach, ob der Intellekt, der uns vom Tier unterscheidet und der uns zu zivilisierten Wesen geformt hat, nicht überhaupt ein Verhängnis genannt werden muß. Aber sollten wir die negativen, selbstmörderischen Aspekte unserer Gedankenarbeit überleben, bleibt, wenn ich die Verzweiflung Bertrand Russells richtig deute, keine andere Wahl, als Erkenntniswelt und Vorstellungswelt wieder miteinander zu versöhnen. Wir leiden augenblicklich an der Rigorosität, mit der der Verstand der Phantasie vorgezogen wird. Die Kunst gibt dem Verstand und der Phantasie einen Ausdruck des Ununterscheidbaren, und vielleicht sollten wir eines Tages nach Maßgabe einer solchen Kunst wieder »Welt bauen«, und zwar nicht, wie in den Jahrhunderten nach der Völkerwanderung, aus Mangel an Erkenntnis, aus Zivilisationsarmut, sondern aus einem Übermaß an Zivilisation und aus der Einsicht, daß es besser ist, in einer erdachten Welt sicher zu leben, als sich in einer erkannten zu verlieren.

Anmerkungen zu Bertolt Brecht

Bertolt Brecht gehört zu den großen Schriftstellern dieses Jahrhunderts, deren poetische Hinterlassenschaft umstritten ist. Seit Schiller hat es keinen deutschen Dichter gegeben, der derart hartnäckig auf Vorgaben aus der Philosophie, heute muß man sagen, auf Vorgaben einer Gesellschaftswissenschaft fixiert war.

In einem Programmheft des Berliner Ensemble las ich unter dem Motto »Der Brechtsommer kommt« folgendes Zitat: »Ich möchte gern eine Kunst machen, die die tiefsten und wichtigsten Dinge berührt und tausend Jahre geht. Sie soll nicht zu ernst sein.« Und an anderer Stelle wird ein Dialog zitiert, der Brechts Ambitionen für das Theater aufscheinen läßt: »Schauspieler: Lange nicht, Denkender«, heißt es da, »hast du dich im Theater blicken lassen. In der Zwischenzeit haben wir vieles gemacht und sind fortgeschritten. Denkender: Wenn ihr genügend fortgeschritten seid, können wir ja endlich anfangen!«

Im Grunde haben wir hier den ganzen Brecht im Selbstzitat umrissen. Das Denken war für ihn offenbar die kostbarste, wenn nicht die einzig erwähnenswerte Eigenschaft des Menschen, und seine Hoffnung, er könne mit seiner Kunst die »tiefsten und wichtigsten Dinge« berühren und zwar haltbar für die nächsten tausend Jahre, dies war eine

Zuversicht, die ihm aus dem Glauben an die ewige Dialektik allen gesellschaftspolitischen Geschehens eingegeben war.

Zwei Prämissen, würde ich sagen, waren für Brechts Poetik bis zur Ausschließlichkeit entscheidend: die Erkenntnisphilosophie Hegels und die materialistische Umdeutung Hegels durch Marx, der die Selbsterkenntnis des absoluten Weltgeistes als Selbsterkenntnis des Menschen setzt. Das Schema von Hegel, nämlich daß der Sinn der menschlichen Existenz in der Erkenntnis liegt und daß das Erkennen lediglich zum Erkennen dieser Erkenntnis führt, diese Tautologie hat Marx beibehalten.

In seinen *Pariser Manuskripten* treibt er den Pantheismus von Spinoza und Hegel auf die Spitze, indem er behauptet, der sich seiner Vernünftigkeit gewisse Mensch sei der natürliche Mensch. Hier werden Natur und Mensch im Denken gleichgesetzt, und wo der klassische Pantheismus den Nachweis für seine Legitimation noch auf Gott und damit auf die Unüberprüfbarkeit der Transzendenz abschiebt, glaubte Marx daran, daß die Vernunft des Menschen, da sie seiner Natürlichkeit angehört, jedes Ausweichen auf die Metaphysik überflüssig macht.

»Die tiefsten und wichtigsten Dinge«. Was verstand Brecht darunter?

Das erste Mal hörte ich seinen Namen, als man uns in den Lichthof der Berliner Generalstaatsanwaltschaft rief. Ich war dort als Aktenträger tätig. Ein junger Staatsanwalt teilte uns seinen Tod mit, dann folgte eine Gedenkminute, und hier schon hatte ich ein Gefühl von Respekt, ein Gefühl, das sich Jahre später bestätigte.

Man konnte noch einige seiner Inszenierungen am Berliner Ensemble sehen. So *Die Mutter* nach dem Roman von Gorki, und was mich bestach und für Brecht einnahm, waren die klare Sprache, die strikte Logik seiner Dramaturgie und daß sein intellektuelles Vermögen seinen didaktischen Absichten etwas Verführerisches gab. Die Einbußen an Realismus wurden mir später erst bewußt. Schließlich war man nicht auf Realismus, sondern auf sozialrevolutionäre Wahrheiten aus, und man hatte bei Brecht immer das Gefühl, daß einem der Marxismus aus erster Hand und auf der Höhe seiner Begrifflichkeit nahegebracht wurde. So wie bei Schiller oder Goethe der Einfluß Spinozas oder Kants aus der Gefahr des Epigonalen herausgehalten wurde, so gelang es Brecht in der *Heiligen Johanna der Schlachthöfe*, die Krisentheorie von Marx durch die Kraft seiner poetischen Anschaulichkeit zu verwischen.

Der Höhepunkt war dann die Inszenierung des *Arturo Uí* von Wekwerth und Palitzsch mit dem grandiosen Ekkehard Schall in der Titelrolle. Dieses Stück war für mich der Beweis, daß eine Widerspiegelung gesellschaftspolitischer Verhältnisse auf Shakespearesche Weise immer noch möglich war, wenn man die Raffinesse der Parabeltechnik mit hinzuaddierte.

Brecht benutzte die Parabel, um die Anschaulichkeit der Kunst auch dort noch autonom zu halten, wo sie der dokumentierten Propaganda hoffnungslos unterlegen war. Der authentische Hitler ist mit den Mitteln der Kunst nicht zu fassen. Seine durch Wochenschauen multiplizierte Aura würde jede poetische Anschaulichkeit der Lächerlichkeit preisgeben. Die Parabel aber bewahrt der Kunst die eigene

Anschaulichkeit, indem sie den gesellschaftspolitischen Bezug dosiert.

Im *Arturo Uí* ist Brecht dem Zwang zum Affirmativen, der letzten Endes sein Verhängnis war, ausgewichen. Hier durfte er dem Bösen, ohne die korrigierende Zeugenschaft des Guten, einmal kräftig freien Lauf lassen, und so ist ihm mit dieser Shakespeare-Travestie auch ein großer Realismusentwurf gelungen und der Beweis, daß die Parabeltechnik nicht immer nur durch didaktische Ambitionen verschlissen werden muß.

Aber der *Arturo Uí* ist in Brechts Hinterlassenschaft eine Ausnahme. Ihm waren die didaktischen Ambitionen offenbar wichtiger. Sie gehörten zu den »tiefsten und wichtigsten Dingen«, die er mit seiner Kunst berühren wollte, und zwar für die nächsten tausend Jahre. Also nochmals gefragt: Was hatte Brecht damit gemeint?

Er meinte die Belange des sozialdeterminierten Menschen. Aber ihm waren die Determinanten wichtiger als der Mensch. Die Ethik Brechts überstieg nie das soziale Gewissen. Er definierte den Menschen, wie es die politische Ökonomie vorsah, streng nach der jeweiligen Stellung zu den Produktionsmitteln. Der Großgrundbesitzer Puntila war, weil er ausbeutete, a priori böse, sein Knecht Matti war, weil er ausgebeutet wurde, a priori gut. Jenseits ihrer Sozialdeterminanten gab es überhaupt keine Gelegenheit zur Ethik, weder ein Gut noch ein Böse. Dies galt es zu erkennen. Der Rest war revolutionäre Praxis, frei nach dem Motto von Marx: »Die Philosophen haben die Welt nur verschieden interpretiert; es kommt darauf an, sie zu verändern.«

Wer sich, wie Brecht, derart strikt den Prämissen einer

Gesellschaftswissenschaft ausliefert, der teilt auch das Schicksal dieser Wissenschaft. Der Marxismus hat die Welt zwar verändert, aber keineswegs gebessert. Man kann also sagen: Wer die Wirkungsgeschichte des Marxismus beschreibt, beschreibt auch die Wirkungsgeschichte der Brechtschen Poesie.

Marx definiert die Geschichte des Menschen als Geschichte von Klassenkämpfen. Auch diese Vereinfachung weist darauf hin, daß er ein Ziehkind des deutschen Idealismus war. Er materialisiert lediglich das Ziel der erkennenden Vernunft. Wo für Hegel alles Unvernünftige nicht der Wirklichkeit zugerechnet werden durfte, sondert Marx alles Nichtsoziale aus dem Prozeß der Geschichte aus. Wo bei Hegel das menschliche Sein eine Gelegenheit zur Erkenntnis war, setzt Marx dieser Erkenntnis eine Substanz: die der politischen Ökonomie.

Jetzt bestimmt das gesellschaftliche Sein das Bewußtsein, und dieses Sein wird wesentlich von den Produktivkräften und von den Produktionsverhältnissen bestimmt. Dies war für Marx die Dynamik der Geschichte, die, wie bei Hegel, auf einen Punkt der Erfüllung hinausläuft. Und was sich hierbei erfüllt, ist der Mensch als Platzhalter des Wahren, Schönen, Guten. Es ist der Endpunkt ein und derselben herbeigedachten Eschatologie: Bei Hegel ist es der absolute Weltgeist, bei Marx die klassenlose Gesellschaft.

Es ist das Ende der Geschichte, und man fragt sich ernsthaft: Wie stellte sich Brecht nach der siegreichen proletarischen Weltrevolution die nächsten tausend Jahre vor? Glaubte er, der sozial befreite Mensch, der Platzhalter des Wahren, Schönen, Guten, jener Mensch im Zeitalter des

Kommunismus, wo es keine negativen oder besser überhaupt keine störenden Determinanten mehr geben würde, glaubte Brecht, dieser Mensch würde sich, wie ein anthropologischer Veteran, die Chroniken vergangener, längst gewonnener Klassenschlachten in Erinnerung rufen? Immer wieder *Die Maßnahme*? Immer wieder *Der gute Mensch von Sezuan*?

Einige Irrtümer des Marxismus hat Brecht seiner Poesie unkorrigierbar einverleibt: Erstens, man kann die Existenz des Menschen nicht strikt materialistisch deuten. Zum Wahrheitsgrund des Menschen gehört die Transzendenz. Um diesen Begriff nochmals zu präzisieren: Mit Transzendenz meine ich nicht eine religiöse oder irrationale Gewißheit, auch nicht den üblichen Hinweis auf das Überirdische. Ich meine die Vorstellungswelt des Menschen und seine Fähigkeit, mit ebendieser Vorstellungswelt die reale Welt ethisch zu übersteigen. Hier hat der historische Materialismus alle Denkleistungen des Idealismus lediglich verballhornt. Wo die Religionen durch die Unüberprüfbarkeit ihrer Vorstellungswelt überlebten, glaubte der Marxismus, ohne jede Vorstellungswelt auskommen zu können. Das war selbst eine Religion, aber ohne Transzendenzbezug. So war der Marxismus gezwungen, sein soziales Eschatologieversprechen einzulösen, und geriet in einen logischen Widerspruch.

Zweitens, Marx negierte mit seiner deterministischen Soziallehre die Freiheit des bewußten Seins. Auch hier wurde eine Hegelsche Definition, nämlich »Freiheit ist Einsicht in die Notwendigkeit«, aus der Unüberprüfbarkeit der Metaphysik in die überprüfbare Rationalität verwiesen.

Und nun begann das heillose Durcheinander. Das marxistische Subjekt war in seinem Handeln wissenschaftlich abgesichert, auch wo es lediglich seine Gelegenheit zur Freiheit geltend machen wollte.

Was war an Stalins verbrecherischen Direktiven nun Notwendigkeit, was persönliche Willkür? Wo begann bei Mao die Arroganz der Macht? Wo bei Pol Pot der mörderische Übermut?

Wo man die Einsicht in die Notwendigkeit, bei Hegel noch transzendenzbezogen, in die pure Rationalität zurückzwingt, zeigt es sich, daß der einzelne jede Hürde, die ihm die Vernunft setzt, mühelos überspringen kann. Freiheit ist eben nicht nur Einsicht in die Notwendigkeit. Freiheit ist auch die Regellosigkeit am subjektiven Dasein, die am allerwenigsten geneigt ist, sich dem Reglement irgendwelcher sozialpolitischer Logik anzupassen.

Es zeigt sich, daß Hegels Idealismus realistischer ausfiel als die kritischen Retuschierversuche von Marx. Hegel ließ den Vernunftsbegriff im Absoluten, Marx versuchte ihn zu materialisieren und damit in die gesicherte Verfügbarkeit zu zwingen. Mit dem Resultat, daß Stalin sich, auch wo er zuletzt wieder an Massenexekutionen dachte, als unfehlbarer Weltgeist fühlen durfte. Ihm galt jede noch so verbrecherische Gelegenheit zur Freiheit immer als Einsicht in die Notwendigkeit.

Drittens, Ideologien, auch wo sie sich auf das Goethesche »Edel sei der Mensch, hilfreich und gut« berufen, konnten keinesfalls verhindern, daß sich der subjektive Wahrheitsgrund des Menschen jedem Versuch zur Objektivierung widersetzt. Und die Treuherzigkeit, mit der Brecht an die

Allmacht des Intellekts glaubte, war eben altmodisches 18. Jahrhundert, das vom Marxismus ins 20. Jahrhundert hinübergerettet wurde.

Es war die letzte Illusion der klassischen Aufklärung, daß sich der Mensch durch seine Erkenntnisfähigkeit auch die Grundlagen einer unumstößlichen, alle gesellschaftspolitischen Bereiche umfassenden Moral sichert, und Feuerbachs These, daß die Transzendenzgewißheit des Menschen lediglich eine Projektion seiner Einbildung sei, dieser tautologische Hinweis veranlaßte Marx zu seiner berühmten Bemerkung: Die Religion sei überhaupt nur Opium für das Volk.

Dabei war die Verwicklung von Erkenntnis und Vorstellung im menschlichen Bewußtsein von der nachhegelschen Philosophie längst erkannt. Kierkegaard, Schopenhauer und zuletzt Nietzsche, sie alle wußten, daß die Denkfähigkeit des Menschen nicht nur die anschauliche, reale Welt, sondern auch die Unerkennbarkeit der Welt zu berücksichtigen hatte. Für Schopenhauer waren Intellekt und Vorstellungsvermögen ununterscheidbar, für Kierkegaard war die Angst des einzelnen vor der Freiheit Ursache seiner metaphysischen Bedürftigkeit, für den rigorosen Nietzsche war sein Subjekt Ursache genug, die Welt, falls sie ihm nicht paßte, notfalls in Brand zu setzen. Dies nun als Zerstörung der Vernunft zu bezeichnen, wie Lucács es tat, ist zwar ehrenwert, aber es ändert nichts an der Befindlichkeit des einzelnen, die sich hier zeigt, ob man dies nun billigt oder nicht.

Für Kafka war das Dasein metaphysisch grundiert. Ihm war die Unberechenbarkeit allen gesellschaftlichen Geschehens längst selbstverständlich, wo Brecht immer noch daran glaubte, Pawels Mutter würde etwas bessern, wenn es ihr gelänge, der Nachbarin die Bibel als Instrument der Dummheit auszureden. Das unbedingte Verlangen Brechts nach den Segnungen des wissenschaftlichen Zeitalters war irritationslos, aber die Irritation gehört wesentlich zum Erkenntnisvorgang, und wo man ihr ausweicht, beginnt die falsche Gewißheit. Hier verliert sich die Wahrheit in der Tendenz, und wo Brecht der marxistischen Tendenzvorlage folgte, hat er auch Shakespeare ideologisiert. Dies zeigt seine *Coriolan*-Bearbeitung. Brecht deutet das Stück als Tragikomödie eines Spezialisten, der sich für unentbehrlich hält. Hier scheint sein *Badener Lehrstück vom Einverständnis* wieder auf. Aber wo dort der Chor als Gelegenheit zum Kommentar gehandhabt wird, erfindet er für die *Coriolan*-Bearbeitung zerlumpte Proletariergestalten, die an die Sentimentalität des späten Leo Tolstoi erinnern: Armer Großvater, noch ärmeres Enkelkind. Vor ihnen hat sich der Spezialist und Angehörige einer privilegierten Intelligenz zu bewähren. Hier läßt Brecht, ganz im Sinne des Stalinismus, seinem Ressentiment gegen das differenzierte Individuum freien Lauf.

Bei Shakespeare ist Coriolan ein Aristokrat, dem der demokratische Stimmenfang auf öffentlichen Plätzen, zu dem er genötigt wird, zur verächtlichen Gebärde gerät. Er zeigt sich uneinsichtig und stellt die Freiheit seiner Person über alle gesellschaftlichen Spielregeln. Er läuft zum Feind über und zieht aus persönlicher Kränkung gegen seine Landsleute in die Schlacht, läßt sich von der Mutter und der Ehefrau in letzter Minute umstimmen und wird, bevor er das Lager erneut wechseln kann, vom Feind erschlagen.

Die Antriebsenergie allen Geschehens gewinnt Shakespeare aus der unbeugsamen Individualität Coriolans, der seinem persönlichen Begehren bis zur Absurdität Geltung verschaffen will. Für Brecht hingegen ist Coriolan lediglich die personifizierte Abweichung vom Kollektivismus, und die Auslöschung seiner Widerspenstigkeit ist eine Sache der gesellschaftlichen Rentabilität.

Und hier haben wir einen entscheidenden Unterschied zum Ästhetikverständnis der Weimarer Klassik. Wo bei Schiller und Goethe, ich nehme immer nur diese beiden Stereotype – mit Kleist wäre Brecht, wie mit Kafka, in die Dunkelzone des Subjektivismus geraten –, wo bei den Weimarer Dichterfürsten die Aufforderung zum Schönen, Wahren, Guten noch am Ideal des aufgeklärten Absolutismus und damit am Erscheinungsbild des einzelnen ausgerichtet war, hält Brecht die Beschäftigung mit dem großen Individuum nur noch, wie er sich in einer Rundfunksendung ausdrückt, für ein irreführendes, müßiges Hafertreiben.

Das wissenschaftliche Zeitalter war für ihn das kollektive Zeitalter, und die Vernunft war für ihn ein Wegweiser in die Belange des gesellschaftlichen Durchschnitts. Es ist die strikte Übertragung der marxistischen Soziallehre auf die Anthropologie, und so schrumpft die Menschwerdung des Affen und die Übermenschwerdung des Menschen bei Brecht auf die klassenkämpferische Frage »Wer wen?«, und das Ziel jeder Zivilisation ist für ihn die gerechte Speisung der Lohnabhängigen nach der Maßgabe: Wer arbeitet, der soll auch essen.

Das ist ein Ziel, aufs innigste zu wünschen, nur: Für eine Poetik vom Range Brechts und für die gestalterischen Möglichkeiten eines Genies ist dies, wie sich heute herausstellt, zu wenig.

Heute wüßte Brecht, würde er noch leben, daß das große, irreführende, müßige Hafertreiben des 20. Jahrhunderts nicht von Pierpont Mauler, dem Eigner der kapitalistischen Produktionsweise, sondern von den machtbesessenen Individuen der marxistischen Sozialbewegung in Szene gesetzt wurde, und gemessen an Stalin war die gekränkte Individualität Coriolans wahrhaft unerheblich. Und war Brecht nicht, wie alle Sozialengagierten dieses Jahrhunderts, einer geschichtsphilosophischen Fata Morgana verfallen?

Die Emanzipation der Massen schien nach der russischen Oktoberrevolution von 1917 nur noch eine Frage der Zeit zu sein. Das 20. Jahrhundert war nach den Vorstellungen der sozialistischen Parteien dazu ausersehen, die unterdrückten Klassen ins machtpolitische Recht zu setzen, um jede Machtpolitik, gegen wen auch immer, ad absurdum zu führen. Auch der Faschismus propagierte das Wohl der Volksgemeinschaft. Rechts- oder Linkskollektivismus, wir kennen alle Propagandabekundungen: Von Rom bis Berlin, von Moskau bis Peking war man mit den roten Fahnen der Kommunisten oder den Standarten der Faschisten unterwegs. Der entscheidende Impuls, so schien es jedenfalls, ging immer von den Massen aus, und Nietzsches Projektion des Übermenschen galt zuletzt auch Gottfried Benn als überholte Marotte. Nicht der einzelne, das Kollektiv war der Garant der zivilisatorischen Vernunft.

Heute, am Ende dieses Jahrhunderts wissen wir, daß nicht Marx, sondern Nietzsche recht behalten hat, und pikanterweise ist die Wiederkunft des skrupellosen, nur dem eigenen Wohlergehen verpflichteten Herrenmenschen, den Nietzsche forderte, nicht ein Produkt der spätbürgerlichen

Dekadenz und des Nihilismus. Sie ist ein Produkt ebenjener Sozialbewegung, die aus Solidarität mit den Massen entstanden war.

Der Nationalsozialismus bekannte sich zum Führerprinzip, und Hitler konnte sich auf die Devise »Einer für alle, alle für einen« berufen. Die Gigantomanie seines Ego gehörte zum Parteiprogramm der NSDAP. Stalin war gezwungen, seinen Personenkult mit einer auf das Kollektiv gerichteten Phraseologie zu tarnen. Aber auch er lebte, wie Hitler, auf Kosten der »Vielzuvielen«, so wie Nietzsche es fünfzig Jahre früher als Vorrecht für den großen einzelnen geltend gemacht hatte.

Die nationalsozialistische Herrschaft über die »Vielzuvielen« brachte sechs Millionen Juden den Tod, die kommunistische Herrschaft reduzierte zuerst die russische Bauernschaft, und die Säuberungen nach 1934 verwandelten das sowjetische Kolonialreich in ein riesiges Straf- und Vernichtungslager. Hitler rottete das Artfremde, Stalin große Teile der eigenen Bevölkerung aus. Gab es überhaupt im 20. Jahrhundert eine Anwaltschaft zum Wohle der Massen, die den Aufwand an Propaganda verdient hätte?

Die Elitetheorie Nietzsches wurde auch von seinen erklärten Gegnern praktiziert, und wo Nietzsche noch die Einführung einer modernen Sklaverei forderte, bevorzugte der Übermensch Mao kurz und bündig den Genickschuß. Pol Pot betrachtete die Massen, über die er Macht gewann, wie eine schlechte Obsternte, indem er erklärte: Es sei besser, den eroberten Bevölkerungskorb auszuschütten, um nur die allerbesten Früchte wieder einzusammeln. Zwei Millionen der »vielzuvielen« Kambodschaner wurden bestialisch ermordet. Eine Spielart der Bevölkerungspolitik, für die Mao, wie man jetzt erfährt, voller Bewunderung war.

Man kann also sagen: Das 20. Jahrhundert hat die Massen keineswegs emanzipiert. Im Gegenteil: Noch nie in der Geschichte hatten die Massen eine solche Vernichtungswut zu überstehen, und diese Vernichtungswut war das Hauptmittel einiger weniger, sich ihren Lebenssinn als Recht des Stärkeren zu organisieren. Der Libido Hitlers dienten Parteiaufmärsche und gewonnene Kesselschlachten. Mao hat sich zuletzt, da ihn die blutige Gängelei der Massen langweilte, mit ausgesuchten Jungfrauen die Zeit vertrieben. Ob man sich in der Halle des Volkes auf Marx berief oder auf Nietzsche in der Reichskanzlei, Hauptsache, man avancierte zum Übermenschen. Und in der Tat: Das übersteigerte Selbstwertgefühl verwischt zuletzt alle ideologischen Unterschiede.

Dies ist eine Erfahrung, die Brecht erspart geblieben ist. Oder partizipierte er an dieser fatalen Kongruenz? Immerhin beginnt sein »Lob des Revolutionärs« mit den Zeilen: »Manche sind zuviel. / Wenn sie fort sind, ist es besser. / Doch wenn er nicht da ist, fehlt er.«

Seine »Erziehung der Hirse« versah er mit einer ausdrücklichen Huldigung an den georgischen Diktator. Ich will jetzt nicht auf die Gelegenheiten eingehen, die Brecht gegeben waren, die verbrecherischen Praktiken der KPdSU-Führung zu durchschauen. Er hat sie nicht wahrgenommen, oder er wollte sie nicht wahrnehmen. Er hielt sich an die Klassiker des theoretischen Marxismus. Aber auch geschlossene philosophische Systeme unterliegen dem Zwang zur Selbstbestätigung und damit, als tautologische Kreisbewegung, dem Zwang zur Affirmation. Und wie Schiller sich dazu drängen ließ, dem kategorischen Imperativ durch Rhetorik Geltung zu verschaffen, so wurde auch Brechts Bühnensprache oft ein Opfer der strikten, auf rigorose Selbstbestätigung drängenden Sozialethik von Marx.

Als ich vor Jahren eine Aufführung der *Tage der Commune* in Augsburg sah, fiel mir auf, daß sich die affirmative Absicht Brechts spätestens nach zehn Minuten aufgedrängt hatte und daß sich dieser Vorgang die nächsten zwei Stunden bis an die Grenze der Geschwätzigkeit wiederholte. Brecht war, wie Marx, auf der Seite der Kommunarden, und dies war die ununterbrochene Botschaft seiner szenischen Erfindungen und vor allem die Botschaft des gesprochenen Worts.

Ähnlich erging es mir bei einer Aufführung des *Puntila* an der Westberliner Volksbühne, wo einem vor allem das Vergnügliche dieses Stückes nahegebracht werden sollte. Und nun zeigte es sich, daß auch hier, in Brechts Willen zum Vergnüglichen, er wollte ja die »tiefsten und wichtigsten Dinge« des Menschen nicht allzu ernst abgehandelt sehen, daß auch hier absichtsvoll und bis an die Grenze der Geschwätzigkeit gewitzelt wurde.

Bei Strindberg, Pirandello, Čechov, Ibsen gibt es keine Deckungsgleichheit zwischen der Gestimmtheit der Figuren und dem gesprochenen Wort. Bei Brecht ist der Dialog einer didaktischen Absicht untergeordnet oder zumindest folgt das gesprochene Wort einer strikten Beweisführung. So entsteht niemals eine Grauzone, in der die Figuren in Selbstvergessenheit oder einfach absichtslos verharren. Sie unterliegen auch nie dem Zugriff des Unverhofften. »Das gesellschaftliche Sein bestimmt das Bewußtsein«, diesen marxistischen Lehrsatz im Kopf, beweist Brecht in seinen Dialogen allzuoft seine dramaturgischen Absichten, und der angestrebte Realismus wird durch ununterbrochene Gedankenarbeit amputiert.

»Der Künstler gebietet der Zeit, der Dilettant folgt den Neigungen der Zeit.« Diese Maxime von Goethe definiert Brechts poetische Doppelnatur. Der frühe Brecht war noch, wie Georg Heym oder Trakl, an die Willkür seiner Subjektivität gebunden. *Die Hauspostille* zeigt seinen Willen zur Ironie, der *Baal* dokumentiert auf geniale Weise seine Präpotenz. Es sind, an Heym und Trakl gemessen, unernste, aber gebieterische Texte, und erst mit der Bekehrung zum Marxismus vermengt Brecht sein künstlerisches Genie mit der Neigung der Zeit.

Es ist ein Schritt weg von der angeborenen Könnerschaft hin zum weltanschaulich bedingten Dilettantismus, der Brechts Fähigkeit zur Intuition über die dreißiger und vierziger Jahre hinweg, besonders aber nach 1949, stark einschränkte.

Ich möchte nur an Brechts Gedicht über Benns angebliche Todessehnsucht erinnern, die er mit dem Hinweis auf eine ideologische Metapher ad absurdum zu führen glaubt. »Beim Anhören von Versen / Des todessüchtigen Benn«, heißt es da, »Habe ich auf Arbeitergesichtern einen Ausdruck gesehen / Der nicht dem Versbau galt und kostbarer war / Als das Lächeln der Mona Lisa.«

Auch hier wieder, wie in seiner *Coriolan*-Bearbeitung, denunziert Brecht die Gestimmtheit eines einzelnen durch den Hinweis auf die Belange des gesellschaftlichen Durchschnitts. Und immer wieder ist es die ideologisch motivierte Verallgemeinerung, die er gegen den konkreten Menschen ins Recht gesetzt sehen will. Man fragt sich, war Brecht zuletzt das Gespür für die existentielle Befindlichkeit des Menschen abhanden gekommen? Sicher war ihm die metaphysische Not Benns, gemessen an den Erfordernissen des Klassenkampfes, nicht nur unerheblich, sondern lächerlich. Aber fehlte ihm die Phantasie zum Tode? Wir kennen Jugendgedichte, in denen der Tod keiner politischen Motivation unterworfen ist. Erst in der *Maßnahme* wird der Genickschuß als Mittel der Sozialisation empfohlen. Ein Altersgedicht ist der Überwindung seiner Todesangst gewidmet, und doch begegnete Brecht der Todesgestimmtheit eines Kollegen mit Unverständnis, mit einer armseligen, aber sozialpolitisch abgesicherten Rechthaberei.

Diese Rechthaberei war aber vor allem gegen Brechts ureigenstes Interesse, gegen seine Fähigkeit zur Kunst gerichtet. Wie Eisler seinem Lehrer Schönberg die Gefolgschaft mit der Bemerkung aufkündigte, in den Zeiten sozialer Befreiungskämpfe könne man sich nicht mit den Regeln des L'art pour l'art beschäftigen, so traute auch Brecht der Kunst keine grenzüberschreitende Wirkung zu. Mit dem Ergebnis: Die Arbeiterlieder von Eisler und Brecht sind heute historisch überholt, die Kammermusik von Schönberg oder Webern hingegen bleibt von der Diskontinuität des Zeitgeistes unberührt. Sie sind autonom und dadurch zur aktuellen Metamorphose fähig. Man höre die kurzen Orchesterstücke von Webern, um sich davon zu überzeugen, wie hier die Uneigentlichkeit unserer Zeit, der Zwang zur Irritation und damit zum Erlebnis des Unheimlichen aufscheint.

Ähnlich erlebt man bei Schönberg die neurotische Umgetriebenheit des modernen Menschen, und um diese Wirkung zu erreichen, brauchte Schönberg keine gesellschaftstheoretischen Anleihen. Warum auch? Wo das Subjekt gesetzt ist, ist auch schon die Summe seiner Determinanten gesetzt. Alles andere wäre auch hier nach Maßgabe der Kunst der sicherste Umweg in die Tautologie.

Dies wäre, auf den kürzesten Nenner gebracht, meine heutige Ansicht über Bertolt Brecht, und ich will nicht verhehlen, daß ich mich dabei unwohl fühle. Ich fühle mich Brecht immer noch emotional verbunden. Es ist ein Blick zurück, mit dem Verlangen, es möge kein Gras über die eigene Vergangenheit gewachsen sein.

Ich wünschte, daß Brecht in seiner Bedeutung und in seiner poetischen Hinterlassenschaft unangefochten dastünde wie Shakespeare oder doch wenigstens wie die Weimarer Klassiker. Und es ist durchaus möglich, daß ich mich in der Einschätzung seiner Wirkungsgeschichte irre. Was wir für Meinungen von uns geben, unterliegt dem Zeitgeist, und diese Barriere der Diskontinuität hat noch niemand hellseherisch übersprungen. Eines aber scheint mir sicher zu sein: Brecht war ein Jahrhunderttalent, und er war der Ziehvater der DDR-Dramatik. Alle, ohne Ausnahme, von Hacks bis Müller, von Lange bis Volker Braun, alle begannen unter seinem Einfluß ihre ersten vorzeigbaren Schreibversuche. Er galt als Klassiker der marxistischen Parabel, was heißen soll: Der geschichtsphilosophische Horizont, der sie übersteigt, war eine Deutung aus den Grundsätzen des dialektischen und historischen Materialismus.

Brecht war kein Realist, sondern Didaktiker. Seine Poesie führt die Ambitionen Schillers fort. Für ihn war die Bühne eine moralische Anstalt. Nur die Protagonisten sind historisch modifiziert: bei Schiller der bürgerliche Humanismus, bei Brecht die Avantgarde des Proletariats. Und noch etwas unterscheidet ihn, wie schon erwähnt, von Schiller: die Transzendenzlosigkeit. »Brüder, überm Sternenzelt muß ein guter Vater wohnen...« Darüber hätte Brecht gewitzelt.

Er schrieb lieber: »Bedenke den Wechsel der Zeiten.« Aber auch diese Verszeile, dies zeigt sich jetzt, war klüger als ihr Urheber. Sie überstieg die Vorstellungskraft Brechts.

Die marxistische Vernunftseligkeit und die daraus resultierende Gewißheit bekamen durch Brecht einen unverwechselbaren deutschen Ton: Witz bis zum Sarkasmus. Intellektuelle Schärfe. Auf Wissenschaft begründete Rechthaberei. Seine Subjektverachtung ließ ihn blind über Kafka, Nietzsche, Sartre, Camus hinwegsehen. »Glotzt nicht so romantisch«, mit diesem frühen Satz hatte Brecht sein Verhältnis zum subjektiven Wahrheitsgrund des Menschen ein für allemal geregelt.

Die Überschätzung des Intellekts, der Glaube an das wissenschaftliche Zeitalter, das grenzenlose Vertrauen in die Hegelsche Dialektik, dies alles wurde von einem Genie in die Sprache der Poesie übersetzt, und wir, die um eine Generation Jüngeren, waren davon gebannt wie das Kaninchen von der Schlange.

Die Zukunft wird zeigen, ob Brecht in seinen Stücken genügend Unschärfe, genügend unerkannte Sachverhalte übriggelassen hat, die seine moralästhetischen Ambitionen übersteigen.

Der ambitionierte Roman

Gibt es Gründe, vom »Jahrhundertroman« zu reden und ihm Fazitcharakter zuzusprechen? Und: Ist der Roman wirklich, was uns der Wille zum Klassifizieren einreden will, die wichtigste literarische Gattung der Moderne?

Thomas Mann hat offenbar daran geglaubt. Er erwähnt in einer Tagebuchnotiz, daß er sich über die Bedeutung Čechovs sehr früh im klaren gewesen sei, mit einer Einschränkung: Er habe dessen Prosa, der Kürze wegen, zur kleinen Form gerechnet, und damit sei der Russe aus dem Bannkreis seiner literarischen Absichten verschwunden. Er selbst, Thomas Mann, habe Gewichtigeres, Höheres, eben den Tausend-Seiten-Roman im Sinn gehabt, und man müsse, um Prosa von Rang zu schreiben, schon etwas mehr Sitzfleisch und einen längeren Atem beweisen.

Nun war Thomas Mann kein Rechthaber, im Gegenteil. Es war ihm kein Problem, sich zu korrigieren, und so fügte er hinzu: Er müsse jetzt, nachdem er den Bannkreis seiner Absichten mehrmals umschritten hätte, zugeben: Quantität sei keine literarische Kategorie. Čechov hätte in seinen Erzählungen nicht mehr und nicht weniger poetische Wahrheiten hervorbringen können als der sogenannte Jahrhundertroman. Und auch seine Tagebucheintragungen über Kafka, die vager gehalten sind, deuten in die gleiche Richtung.

Ich will diese Vorbemerkung nicht als Prämisse benutzen, und es wäre billig, im Streit um die Höherwertigkeit gewisser literarischer Gattungen auf diese Weise Punkte sammeln zu wollen.

Musil nannte den *Zauberberg* einen Haifischmagen, die gleiche Anzüglichkeit könnte für seinen *Mann ohne Eigenschaften* gelten. Beide Vorhaben majorisieren den Anschauungscharakter der Kunst durch den unanschaulichen Begriff. Beide, Thomas Mann und Musil, glaubten, man könne die Kunst erkenntnistheoretisch nachbessern. Es ist dies ein Totalitätsbegehren, mit der sie sich von ihren literarischen Anfängen verabschiedet haben, nicht zuletzt in der ehrgeizigen Gewißheit, die Nachwelt würde ihnen staunend und bewundernd das angehäufte Erkenntnismaterial an- beziehungsweise hochrechnen.

Könnte es aber nicht sein, daß die Literatur gar keine begrifflichen Anleihen nötig hat, daß sie ihren eigenen Wahrheitsgrund und damit ihre Autonomie setzt? Denn was sich selbst setzt, setzt auch schon alle Determinanten, die den eigenen Wirkungskreis definieren oder, im Falle der Kunst, zur Erscheinung bringen.

Mit anderen Worten: Wenn Theodor Fontane mit äußerster Konsequenz die Geschichte der Effie Briest erzählt und nur diese Geschichte, dann eröffnet er uns gleichzeitig die Möglichkeit zu einer Fülle von Assoziationen, die nun nicht nochmals begrifflich aufgerufen oder benannt werden müssen. Selbstverständlich fallen mir bei der Lektüre dieses Romans gesellschaftskritische, existentielle, allerletzte Sinnfragen, unser Dasein betreffend, ein. Aber sie entstehen nicht aus dem Begriff, sondern aus der einfachen Anschauung.

Theodor Fontane benennt sie nicht ausdrücklich, aber sie sind für den, der die Assoziationskraft der Kunst erkennen und erfassen kann, unausdrücklich da!

»Arme Effie, du hattest zu den Himmelswundern zu lange hinaufgesehen…!« Wer diesem Sachverhalt noch eine reflektierende Zeile, und sei es auch nur als Fußnote, hinzufügt, der zerstört die assoziative Zauberkraft der Kunst durch pure Ambition.

Nun wäre es albern zu behaupten, erzählende Prosa sei reflexionsresistent. Selbstverständlich sind hier dem Wirkungskreis der Kunst keinerlei Grenzen gesetzt. Aber was Musil und Thomas Mann in ihren ehrgeizigen Romanen praktizieren, ist Grenzüberschreitung, und jenseits dieser Barriere betreten wir einen Bereich, in dem weder das eine, die einfache Anschauung, noch das andere, die Unanschaulichkeit des Begriffs, zur Geltung kommen kann.

In dem Roman *Der Mann ohne Eigenschaften* überantwortet Musil, was er beschreibt, beinahe gnadenlos seinem hochgestimmten Intellekt, seiner genialen Begabung zum geistreichen Kommentar. Seine Figuren haben nicht die geringste Chance, sich gegen ihren Urheber ins Recht zu setzen. Genauer: Ihnen fehlt, da Musil sie in seinen vorgefaßten Absichten wie in einem Scherenschnitt gebannt hält, die Fähigkeit zum Eigenleben. Sie bedeuten immer nur das, was ihr Urheber über sie verlauten läßt, und selbst so wunderbare, verheißungsvolle Überschriften wie etwa »Leiden einer verheirateten Seele« erweisen sich als falsches Versprechen.

Arme Diotima! dachte ich beim Lesen des Kapitels 25. Dein Urheber hat dir alle Geheimnisse genommen und damit mir, dem Leser, die Möglichkeit zu assoziativen Mutmaßungen.

Musil weiß über seine Figuren allzugut Bescheid. Oder besser: Er hat einen Essay über sie verhängt, dem sie nicht entrinnen können, weil er ihn weiterführt, und immer wenn wir die Namen Ulrich oder Diotima lesen, müssen wir gewärtig sein, wenig über diese Figuren, aber alles über die analytischen Fähigkeiten ihres Urhebers zu erfahren.

Thomas Mann hingegen schickt seinen Hans Castorp ins begriffliche Abseits. Der abgründige Wunsch Castorps, die Schwindsucht als Glück umzudeuten, bräuchte keinerlei Begründungswissen. Aber darauf war Thomas Mann in seinem *Zauberberg* nicht aus. Er wollte einen zweiten *Wilhelm Meister*, ein modernes Bildungspanorama zustande bringen, das keine Kunsteinheit bilden kann, weil die exzerpierte Gelehrsamkeit, das überaus gründliche Nachdenken über Anatomie, Physiologie, Lebenskunde, weil die Diskurse von Naphta und Settembrini einem Erkenntnisstand entliehen sind, der notwendigerweise veraltet und als Hülle der Ambition abfallen muß.

Das Bildungsbegehren der Weimarer Klassik war noch geschichtsphilosophisch gebunden und sentimental eingegrenzt. Man wollte das Land der Griechen mit der Seele suchen, auch zu dem Preis, daß diese Neigung zur Tautologie geriet. So rekapituliert Goethes Iphigenie, um sich als Dramenfigur ins Bild zu setzen, ihren mythologischen Stammbaum. Dieser naive Bildungs- und Mitteilungswille ist Thomas Mann nicht mehr erlaubt. Er muß, nach der stürmischen Entwicklung von Philosophie und Wissenschaften, die Palette seines enzyklopädischen Angebots erweitern. Nur: Für den mythologischen Hintergrund der Iphigenie interessiert man sich heute noch. Aber gilt dies auch für die *Christliche Mystik* von Görres oder für Haeckels *Welträthsel*?

Wer nach Goethe politisch und kulturell Bilanz ziehen will, muß damit rechnen, daß der Zeitgeist an Volumen, aber auch an Unerheblichkeit zugenommen hat. Goethe war kein Positivist, bei Thomas Mann ist der Zwang zur Faktizität unübersehbar. Er teilt uns mit, wie man sich vor 1914 über die allgemeine Weltlage uneinig gewesen ist. Wir werden Zeugen eines »großen Kolloquiums« über Gesundheit und Krankheit. Mit homerischer Ausdauer wird politisiert, philosophiert, oft auch nur schwadroniert, über Moral, über Wissenschaft, über Gott und die Welt. Aber die Erörterungen Naphtas, so elegant, so stilsicher sie auch eingefädelt werden, sind verblaßt und seine Drohung mit der radikalen Skepsis, dem moralischen Chaos, dem heiligen Terror, »dessen die Zeit bedarf«, wirkt auf mich wie eine wirre, christlich-marxistisch unterfütterte Gewaltverherrlichung, die nach Auschwitz und dem Archipel GULAG niemand mehr ernst nehmen kann. Das gleiche gilt für Settembrinis Versuch, den bürgerlichen Humanismus zu verteidigen. Nach den blutigen Massenbewegungen, dem Verhängnis der Ideologien, der Zerstörung der Umwelt, den Drohgebärden der Weltwirtschaft wirkt dies heute alles wie eine Kaffeehausdebatte unter belesenen, lebensabgewandten, aber doch irgendwie gutsituierten Intellektuellen.

»Wir hatten Lust zu sagen, daß an demjenigen unserer fünf Freunde die Erwärmung durch den heißen und sehr löblichen Kaffee ein höheres Gespräch gezeitigt habe«, heißt es auf Seite 984 der mir zur Verfügung stehenden *Zauber-*

berg-Ausgabe. Und nun folgt wieder eine mehrere Seiten umfassende Bereitschaft zur gemütlichen Anarchie, zum skandalösen Gerede, das gewissen Salons der Nachgründerzeit vom Zeitgeist eingegeben wurde und das, nochmals gesagt, verblaßt ist, wie die meisten gesellschaftlichen Gegebenheiten verblassen.

Was nicht veraltet, sind die Belange des konkreten Menschen. Sie sind archetypisch. Und so werden vor allem die Tuberkuloseinfizierten in diesem Roman überleben und Castorps heimliche, unerfüllbare Sehnsucht, an dieser geheimnisvollen, auszehrenden Krankheit zu sterben. Auch an Flauberts *Madame Bovary* interessiert nicht das gesellschaftspolitische Interieur oder ob der Autor imstande war, sein Werk durch Reflexionen erheblicher zu machen. Nein, in erster Linie ist es die an Lebenshunger erkrankte Frau, in der wir uns, die um hundert Jahre Jüngeren, wiedererkennen.

»Nur das Persönliche ist unerschöpflich«, schrieb Nietzsche, und in seinem ersten Roman hat Thomas Mann dies alles noch unumwunden gelten lassen. Hier ist es der Hauptfigur, Thomas Buddenbrook, lediglich erlaubt, aus Todesfurcht in der Philosophie Schopenhauers zu blättern, um das Phänomen der Individualität zu relativieren, und dies geschieht in den Grenzen subjektiver Wahrscheinlichkeit.

Im *Zauberberg* gelingt es Thomas Mann nur bedingt, seinen Willen zur enzyklopädischen Selbstdarstellung mit den Mitteln der einfachen Anschauung, also als Prosa, zu kaschieren. Wo er das Essayistische nicht mehr als Dialog unterzubringen vermag, läßt er die direkte Rede wie eine Maske fallen, um den Wissensstoff als These und Gegenthese den jeweiligen Personen lediglich zuzuordnen. Hier wird nicht mehr erzählt, hier herrscht kapitelweise der alle Anschaulichkeit austrocknende Wind der Begrifflichkeit, und man fragt sich beim neuerlichen Lesen, ob nicht auch Thomas Mann, wie Brecht, dem Zeitgeist objektivierender Ideologien verfallen war: weg vom konkreten Menschen, hin zu den abstrahierenden Zusammenhängen. Nicht den einzelnen, das System, in das er sich verstrickt hat, ob gesellschaftspolitisch oder kulturphilosophisch motiviert, gilt es zu beschreiben.

Dabei zeigt sich, daß auch die gründlichste, raffinierteste Reflexionsarbeit vor Ahnungslosigkeit nicht schützen kann. Die skizzierte Biographie Naphtas als Jude, Jesuit und Sympathisant des Bolschewismus bedient ein Vorurteil der Nationalsozialisten, was sicher nicht beabsichtigt war, und Settembrinis Definition des Bösen als Erlösung zur Wollust unter dem Schutz des Todes wäre von äußerstem Scharfsinn, hätte Thomas Mann nur geahnt, daß nicht die Wollust, sondern die Banalität des Bösen dem 20. Jahrhundert zum politischen Verhängnis werden würde.

Es könnte sein, daß Thomas Mann den Bruch in seiner künstlerischen Verfaßtheit, den Weg vom Realismus zur Ambition, von der Intuition zum Kalkül, selbstkritisch beurteilt hat. Jedenfalls deuten seine Tagebucheintragungen, Čechov betreffend, darauf hin. Und mit den Eintragungen über Kafka berührt er die Schwelle zur Moderne, die er selbst nie übertreten hat.

Ich würde Thomas Manns literarische Hinterlassenschaft nicht zur Moderne rechnen. Die Tatsache, daß er Schönbergs Kompositionstechnik in seinem *Doktor Faustus* benutzt hat, um die Dämonie des negativ gestimmten Genies zu formulieren, ändert nichts daran, daß seine Wahlverwandtschaften auf das 19. Jahrhundert, auf Schopenhauer, Wagner und eben auf Nietzsche, ausgerichtet blieben, und seine Montagetechnik finden wir in Goethes *Faust* wieder. Auch hier herrscht der Wille zur poetisch eingekleideten Enzyklopädie, deren Form inkommensurabel ausfällt. Aber das ist nicht das Merkmal der Moderne. Die Moderne hat alle Brücken zur Bildungskontinuität abgebrochen. Ihr Haupterlebnis ist der Nihilismus, gegen den sich das 19. Jahrhundert noch aufzubäumen versucht.

Die Moderne glaubt weder an einen Sinn der Geschichte noch an die moralstiftende Kraft der Vernunft. Sie ist aus dem Paradies der humanen Bildungsanstalten gefallen. Sie befindet sich, philosophisch gesprochen, im freien Fall und damit im unaufhebbaren Zustand der Irritation, und es würde einem Gregor Samsa überhaupt nichts nutzen, wenn ihm der Vater, vielleicht um den Sachverhalt, in dem sich der Sohn befindet, verständlicher zu machen, die einschlägigen Kapitel aus Brehms *Tierleben* vorlesen würde. Das hätte Goethe versucht und nach ihm Thomas Mann und, mit der ihm eigenen unverbindlichen Ironie, auch noch Robert Musil, aber mit Kafka beginnt unwiderruflich, auch in der Literatur, das Zeitalter der existentiellen Verzweiflung.

Jede Epoche hat ihr Seinsverständnis. Dazu gehören die herrschenden Ansichten über Ziel und Zweck der Zivilisation, aber auch über Existenzbedingungen, die sich dem Zugriff der erkennenden Vernunft entziehen und die wir der Vorstellungswelt des Transzendenten zurechnen.

Goethe hatte mit dem Pantheismus Spinozas eine beruhigende Weltanschauung gefunden. Wo die Natur göttlich beseelt ist, kann man getrost das Schöne, Wahre, Gute als menschliche Ästhetik hinzuaddieren. Spätestens mit Schopenhauer bricht aber diese beruhigende Gewißheit, Teil eines göttlichen Gesamtzusammenhangs zu sein, zusammen. Schopenhauer setzt den blinden Willen und schleift die Mauern des Intellekts, hinter denen sich die Weimarer Klassik eingerichtet hatte.

Hegels Versuch der Identitätsetzung von Vernunft und Transzendenz findet sein Ende. Im Grunde hat nicht Kierkegaard, sondern Schopenhauer eine der Grundprämissen der Moderne, die Irritation, vorausgedacht, indem er dem Intellekt lediglich die Möglichkeit der Vorstellung offen ließ. Damit war der Vernunftsbegriff vom konkreten Erkenntnisvorgang abgekoppelt. Der Erkenntnisbegriff war jetzt nicht mehr affirmativ, sondern auch nihilistisch zu deuten.

Nietzsche zieht daraus seine Konsequenzen. Gott ist tot. Nicht der Mensch, der Übermensch ist das Ziel. Das ist alles noch heroisch, will sagen griechisch-altphilologisch gedacht, aber es ist ein Bruch im europäischen Seinsverständnis. Er reicht bis ins 20. Jahrhundert hinein, und daran hat Thomas Mann und letzten Endes auch Musil partizipiert.

Was zusammenbricht, hat noch alle Attribute seiner Unversehrtheit, wenn auch nur als Scherbenhaufen, bei sich, und so war Thomas Mann in seinen ambitionierten Romanen, wie Goethe in seinem *Faust,* damit beschäftigt, all jenes, was »die Welt im Innersten zusammenhält«, mit den Mitteln der enzyklopädischen Prosa zusammenzuzwingen, aber eben, und das unterscheidet ihn von Goethe, mit der gebotenen Skepsis. »Das ewig Weibliche zieht uns hinan«, diese Existenzmetapher wäre Thomas Mann nach Zuhilfenahme der Schopenhauerschen Philosophie allerdings nicht mehr eingefallen.

Jenseits dieser Bruchlinie, auf der die Vormoderne sich einzurichten versuchte, beginnt das Seinsverständnis Kafkas. Hier beginnt die Kontingenzgewißheit, wie Sartre sie formuliert hat, oder Heideggers berühmte Formel »Dasein heißt Hineingehaltenheit in das Nichts«. Es ist die Transzendenzdefinition der Moderne, und unter diesem drohenden Horizont versuchen Kafkas Figuren sich zurechtzufinden. Sie haben keine kulturelle Hinterlassenschaft mehr, von der sie zehren könnten. Sie zehren am Vorrat ihrer Irritationen, und wo Thomas Mann sich noch Buch um Buch um geschichtsphilosophische und sonstige Gediegenheiten bemüht, schreibt Kafka voraussetzungslose Texte, die mitunter keine anderthalb Seiten lang sind: *Die Verwandlung, Das Urteil, Ein Landarzt, Vor dem Gesetz, Der neue Advokat.*

Hat nun die Erzählung *Ein Landarzt,* wenn wir unterstellen, daß Kafkas Literatur das Seinsverständnis der Moderne poetisch formuliert, einen geringeren Fazitcharakter als die beiden Romanfragmente *Das Schloß* und *Der Prozeß*?

Ich würde sagen, nein. Auch *Ein Landarzt* hat in seiner quantitativen Zurückgenommenheit Unendlichkeitscharakter, ist hermeneutisch nicht auszuloten. Es ist eine Metapher, die sich weder benennt noch erklärt, noch fremde Determinanten zu Hilfe holt, um sich Geltung zu verschaffen. Sie ruht ganz in sich, erzeugt aber in dieser Selbstgenügsamkeit eine unübersehbare Fülle von Assoziationsmöglichkeiten. Kafka hat in dieser knapp fünf Seiten langen Erzählung den gleichen Kreis durchschritten wie in seinen Romanfragmenten, nur weniger ausholend. Er hätte sein Ich als Landarzt ebensogut über dreihundert Seiten hinweg anschaulich erhalten können, aber er hätte damit nichts hinzugewonnen. Die Kunst kann sich auf einen unendlich dichten Punkt zusammenziehen, und jede aufs Wesentliche ausgerichtete Prosa endet in der Autonomie, die sich dem Versuch einer grenzüberschreitenden Relativierung verweigert.

»Junger Freund, dein Fehler ist«, sagt der Arzt, nachdem er dem Patienten ins Bett gelegt wurde, »du hast keinen Überblick. Ich, der ich schon in allen Krankenstuben, weit und breit, gewesen bin, sage dir: deine Wunde ist so übel nicht. Im spitzen Winkel mit zwei Hieben der Hacke geschaffen. Viele bieten ihre Seite an und hören kaum die Hacke im Forst, geschweige denn, daß sie ihnen näher kommt.«

Hier wachsen uns Assoziationen wie Treibhausblumen aus der einfachen Anschauung zu. Aus dem Verlangen, vom Leid loszukommen, entsteht die Einsicht, daß das Leid lebensnotwendig ist. Wer zur Gesundheit verhelfen soll, deutet die Krankheit als Auszeichnung. Wer ist zuletzt der Arzt, wer der Patient? Alles, was Sinn macht, ist für Augenblicke ununterscheidbar miteinander verwoben.

Oder: »Hier konnte niemand sonst Einlaß erhalten, denn dieser Eingang war nur für dich bestimmt. Ich gehe jetzt und schließe ihn«, lautet die Schlußbemerkung in der Erzählung *Vor dem Gesetz.*

Es sind zwei einfache Sätze, ohne jeden enzyklopädischen Hinweis, ganz schlicht und, wie es die Grammatik vorschreibt, in Parenthese gesetzt, aber die Hermeneutik wird sich daran umsonst abarbeiten. Ist diese Bemerkung nun gesellschaftskritisch, ist sie existenzialphilosophisch, ist sie als Orakel jüdischer Mystik gesetzt?

In der halbseitigen Erzählung »Der neue Advokat« überspringt Kafka mühelos die geschichtsphilosophischen Illustrationsversuche der Vormoderne, indem er eine Seelenwanderung vom Schlachtroß Alexanders des Großen zum Juristen des 20. Jahrhunderts als vergebliches Bemühen darstellt. Auch hier wieder keinerlei Kommentar oder Deutungshinweis, der Sachverhalt übersteigt nie die Metapher. Was ich lese, bedeutet immer gerade das, was sich mir zu erkennen gibt, aber darüber hinaus unendlich viel mehr.

Man versteht schon, warum Thomas Mann von dieser Prosa mit verhaltenem Staunen Notiz genommen hat, denn wo er auf neoklassizistische Weise auf Raumeroberung aus war, zieht sich Kafka vom Begriff des Räumlichen überhaupt zurück. Seine Prosa nimmt keinen Raum mehr ein, sie ist überall und nirgends, und daß sie dennoch in Erscheinung tritt und damit zur Wirkung gelangen kann, verdankt sie einzig und allein ihrer Fähigkeit zur Metamorphose.

Nun muß man sich fragen: Warum ist Kafka, wenn er das Seinsverständnis der Moderne poetisch formulierte, bis auf den heutigen Tag folgenlos geblieben? Man hat ihn gelobt und bewundert, man hat über ihn promoviert, aber Kafka hat, wenn man die deutsche Literaturgeschichte seit 1945 in Augenschein nimmt, keineswegs, wie die Weimarer Klassik oder wie die Schule des Realismus, stil- und richtungsbildend gewirkt. Hat sich unser Seinsverständnis geändert?

Könnte es sein, daß der Nihilismus überwunden ist und daß spätestens mit der sogenannten Postmoderne wieder ein affirmatives Weltbild, gestützt auf den Positivismus der Wissenschaften, Geltung gewonnen hat?

Jede Epoche hat ihr Seinsverständnis, aber damit ist nicht gesagt, daß jeder, der sich zum Schriftsteller berufen fühlt und das Glück und die Fähigkeit hat, es zu werden, daran partizipiert. Das meiste, was wir unter der Rubrik Gegenwartsliteratur zusammenfassen, entsteht aus Neigungen oder Gelegenheiten, die sich vermarkten, aber nicht verallgemeinern lassen. Nur sehr wenige schreiben aus Triebtäterschaft, etwa um die Wucht und Unvereinbarkeit der eigenen Existenz zu artikulieren. Hierin sind Goethe, Thomas Mann, Kafka, Musil miteinander verwandt: Sie haben das Existenzphänomen in seiner Gesamtheit zu spüren bekommen. Es ist eine persönliche, nicht öffentliche Verfaßtheit, und es ist nicht von der Hand zu weisen, daß das aktuelle, also unser Literaturverständnis der öffentlichen und nicht der persönlichen Verfaßtheit einen Vorrang einräumt und daß wir damit eines der Hauptmerkmale der Moderne, auf die wir uns so gern berufen, aus den Augen verloren haben.

Heidegger hat darauf hingewiesen, daß sich der Mensch immer nur in den Schranken seiner Vereinzelung realisieren und damit zur Geltung bringen kann. Dies über sich selbst zu wissen, gehört eben zum Seinsverständnis. Und er beschreibt das Phänomen, daß es durchaus möglich, nein üblich sei, sich ohne Seinsverständnis der jeweils herrschenden öffentlichen Meinung anzuschließen, in der Hoffnung, damit die Schranken der eigenen Individualität niederzureißen.

Wir kennen diese bis zur Ideologie gesteigerte Sehnsucht nach kollektiver Geborgenheit. Der politische Materialismus hat sie zum Gesellschaftsideal erhoben, und seine radikalste Spielart, der Marxismus, war es, der dem einzelnen die Chance, das Existenzphänomen als Ganzes zu erfassen und auszuhalten, vorenthalten hat. Der politische Materialismus hat durch seinen rigorosen Rückzug auf das Soziale die Bruchlinie des 19. Jahrhunderts, den Wechsel vom Idealismus zum Nihilismus, mühelos übersprungen, und ich würde diese Tatsache gar nicht erwähnen, wenn sich das aktuelle Literaturverständnis eben diesem Rückzug verweigert hätte. Dem ist aber nicht so. Im Herrschaftsgebiet des Marxismus war Kafka kulturpolitisch unerwünscht, aber auch, wo man ihn nicht verboten, sondern ausdrücklich anerkannt und gefeiert hat, blieben seine Prämissen, trotz energischem und immer wieder erneuertem Innovationsbegehren, nahezu wirkungslos.

In der Gruppe 47 beispielsweise wurde der Ästhetik der Moderne das Wort geredet, aber geschrieben wurde nicht, weil man das Existenzphänomen in seiner Gesamtheit zu spüren bekommen hatte, nein, man schrieb aus gesellschaftskritischer Ambition. Dieser Würgegriff, der der Ästhetik fremde Determinanten aufzwingen will, hat sich leider noch verstärkt. Im Grunde sind es zwei, der Ambition entlehnte Forderungen, die der Gegenwartsliteratur ihren Herrschaftsanspruch aufdrängen wollen: eben die Forderung nach gesellschaftskritischer Relevanz und das ewige Innovationsbegehren, das den Wert von Literatur immer nur nach der Fähigkeit zur Formmetamorphose bemißt.

Hätten sich Kafka, Musil oder Thomas Mann dem Diktat

einer auf Meinungsöffentlichkeit ausgerichteten Ästhetik gebeugt? Wohl kaum. Thomas Mann hat sich zwar immer wieder und modifiziert über seine politischen Ansichten geäußert, aber er war sich ihrer nie sicher, und vor allem: Als Künstler wußte er, daß das Existenzphänomen viel zu wesentlich, zu rätselhaft, zu unüberschaubar ist, als daß man darüber zu einer Meinung gelangen könnte. Es sei denn, man entschließt sich zu einem rigorosen Rückzug auf das Soziale und erklärt Ziel und Zweck der Schriftstellerei zu einer privaten Form der Kulturpolitik. Das ist möglich und im herrschenden Literaturbetrieb durchaus erwünscht, nur mit einer Ästhetik der Moderne, wie Kafka sie uns vorgeführt hat oder wie wir sie in der Malerei des deutschen Expressionismus bewundern, hat dies alles nichts zu tun.

Lassen Sie mich das Problem, das mich in diesem kleinen Vortrag umtreibt, nochmals zusammenfassen. Ich habe von der Literatur zwei entscheidende Impulse empfangen, und zwei Schriftsteller des vorigen Jahrhunderts sind für mein Selbstverständnis als Prosaschriftsteller immer noch unverzichtbar: Es sind der frühe Thomas Mann und Kafka.

Der frühe Thomas Mann fasziniert mich durch seine aus dem Apriori gespeiste Lebenserfahrung. Es ist das vorausahnende, die Barriere der eigenen Erfahrung übersteigende Genie. Denn wer imstande ist, mit sechsundzwanzig Jahren die *Buddenbrooks* zu schreiben, der umfaßt die ihn umgebende Welt auf somnambule, hellseherische Weise. Und natürlich fasziniert mich die durch psychologische Feinfühligkeit untermauerte Dekadenz. Der frühe Thomas Mann ist für mich der Schriftsteller des Fin de siècle, Gustav Mahler vergleichbar. Er ist auf helle, ironische, mitunter sarkastische Weise melancholisch, und er ist, anders als Kafka, ein Lehrmeister des klaren, eleganten, aber doch einfühlsamen Stils. Ich liebe seine Erzählungen und Novellen. Ich liebe auch Teile aus dem *Zauberberg.* Aber eben nicht jene, die ihn zum Autor eines Jahrhundertromans hochstilisieren.

Wer sich also dazu aufgerufen fühlt, die Literatur zu klassifizieren, sollte bedenken, daß er ihr damit Vorgaben aufzwingt, die eine Rezeption, auf die es schließlich ankommt, erschweren. Wir kennen das Dilemma der Literaturwissenschaft, die die Literatur grundsätzlich für erklärbar hält. Aber wenn ein sogenannter Jahrhundertroman immer nur das bedeuten würde, was er über sich selbst zu erkennen gibt, dann könnte man ihn nicht mehr der Kunst zurechnen.

Die Kunst wirkt aus dem Unsichtbaren, und ihr Wahrheitsgrund vermittelt sich durch Assoziation. Durch die Möglichkeit zur Assoziation wird die Kunst überhaupt erst wirksam, und eben diese Art der Wirksamkeit verhindert jede, durch Wissenschaftsanalyse nachweisbare Eindeutigkeit. Welche Gedanken und Gefühle den Leser beim Selbstmord des kleinen Herrn Friedemann bewegen, bleibt ihm überlassen. Und wenn dem todkranken Paolo in der Erzählung *Der Wille zum Glück* beim Anstoßen auf die bevorstehende Hochzeit das Glas, aus dem er trinken will, zerbricht, gerät die Betroffenheit, die wir möglicherweise empfinden, in keinerlei Erklärungsnot.

Ganz anders der plötzliche Abgang Naphtas im *Zauberberg.* Hier nimmt Thomas Mann dem Leser, indem er die Figur nicht assoziativ, sondern als Ideen- und Argumentationsträger aufbaut, jede Chance zur Freiheit. Hier wird er tatsächlich so eng wie möglich am Gängelband der Erklärungsbedürftigkeit gehalten. Und insofern lese ich Naphtas Ende auch immer nur als letztes Argument in der Kette seiner Beweisführungen. Seminarfähig ist das allemal, und der Roman erzeugt durchaus ein Gefühl der Hochachtung vor so viel Bildung, so viel anspielungsreicher, kenntnisabgesicherter Formulierungskunst. Und einschüchternd ist er zur Not auch, so daß man sich am Ende aufgerufen fühlen könnte, diesen Stoff, schon aus Gründen der Selbstachtung, nochmals erkenntnistheoretisch durchzuarbeiten. Nur Assoziationen wird man auf diese Weise nicht hinzugewinnen, weil die Fülle an Ambitionen den naiven, anschaulich gehaltenen Wahrheitsgrund der Kunst hoffnungslos überwuchert.

Im Grunde ist die Technik, die Thomas Mann hier anwendet, tautologisch. Denn wo die Kunst durch Assoziationen sowieso Erkentniserlebnisse vermittelt, muß man sie ihr nicht vorsichtshalber beimischen. Oder wäre die Erzählung *Wälsungenblut,* die das Erlebnis von Dekadenz, von schwärmerischer, kopf- und sittenverführender Wagnerverehrung gewisser Münchener Kreise um die Jahrhundertwende ermittelt, erklärungsbedürftig? Was könnten wir in dieser Erzählung, die von der Stimmung her ähnlich komponiert ist wie der *Zauberberg*, vermissen? Eine strikte und, zugegeben, ins Gewicht fallende Ausführlichkeit. Und die durch Ambitionen aufgeblähte Ausführlichkeit dieser Ausführlichkeit. Aber genügt das, um diesen »Jahrhundertroman« den frühen, kleineren, kunstgemäßeren Novellen Thomas Manns vorzuziehen? Haben nicht auch sie, wenn man diese Klassifizierung beibehalten will, Fazit- und Ausblickcharakter auf das Jahrhundert, in dem sie entstanden sind? Čechovs Erzählungen können nicht ein Zehntel des Volumens Thomas Mannscher Großromane geltend machen. Aber was beweist das? Nichts. Vor dem Wahrheitsgrund der Kunst gelten keine Klassifizierungen. Und ich wiederhole, auch Thomas Mann hat, nachdem er den Bannkreis seiner Absichten mehrmals umschritten hatte, darauf hingewiesen: Quantität sei keine literarische Kategorie, und Čechov habe mit seinen Erzählungen nicht mehr und nicht weniger Wahrheiten hervorgebracht als der von der Vormoderne angestrebte Entwurf einer – es ist und bleibt ein Widerspruch in sich – poetischen Enzyklopädie.

»Čechov war ja«, schrieb er ein Jahr vor seinem Tode, »wie Maupassant, den ich übrigens weit besser kannte, ein Mann der kleinen Form, der Kurzgeschichte, zu der es nicht des heroischen Ausharrens durch Jahre oder Jahrzehnte bedurfte, sondern mit der man, ein künstlerischer Leichtfuß, alle paar Tage oder Wochen fertig war. Ich hegte eine gewisse Geringschätzung dafür, ohne recht gewahr zu werden, welche inneren Maße, kraft des Genies, das Kurze und Knappe gewinnen, in welcher – vielleicht über alles zu bewundernden – Gedrängtheit es die ganze Fülle des Lebens in sich aufnehmen, sich durchaus zu epischem Rang erheben, ja an künstlerischer Intensität das Große, das Riesenwerk, das unvermeidlich manchmal müde wird und ehrwürdiger Langerweile verfällt, wohl gar übertreffen kann.«[15]

Nachweis der Zitate und Anmerkung zur Entstehung der Texte

1 Blaise Pascal, *Über die Religion und über einige andere Gegenstände, Pensées.* Lambert Schneider, Heidelberg 1972, S. 43 f.
2 Martin Heidegger, *Sein und Zeit,* Max Niemeyer Verlag, Tübingen 1968, S. 168
3 Hartmut Lange, *Die Waldsteinsonate,* Diogenes Verlag, Zürich 1984, S. 105
4 ebenda, S. 105
5 Martin Heidegger, *Sein und Zeit,* S. 330
6 Eckermann, *Gespräche mit Goethe,* Insel Verlag, Leipzig 1968, S. 489
7 Ernst Bloch, *Literarische Aufsätze,* Suhrkamp Verlag, Frankfurt am Main 1965, S. 54 f.
8 Martin Heidegger, *Sein und Zeit,* S. 258
9 Heinrich von Kleist, *Briefe,* Aufbau-Verlag, Berlin 1978, S. 200
10 Gottfried Benn, *Gesammelte Werke I,* Klett-Cotta, Stuttgart 1977, S. 44
11 ebenda, S. 47
12 *Der Briefwechsel zwischen Friedrich Schiller und Wilhelm von Humboldt,* Band I, Aufbau-Verlag, Berlin 1962, S. 243
13 Peter P. Rodhe, *Kierkegaard,* Rowohlt Taschenbuch Verlag, Hamburg 1959, S. 14

14 Bertrand Russell, *Autobiographie I*, Suhrkamp Verlag, Frankfurt am Main 1973, S. 23
15 Peter Urban, *Über Čechov,* Diogenes Taschenbuch 21244, Zürich 1988, S. 107

Meine Realitätserfahrung als Schriftsteller: Poetikvorlesungen, gehalten im Wintersemester 1996/97 an der Universitäts-Gesamthochschule Paderborn

Streben nach Transzendenz: Vortrag zur Eröffnung der Guardini-Stiftung im September 1988

Anmerkungen zu Bertolt Brecht: Vortrag an der Berliner Schaubühne im November 1997

Der ambitionierte Roman: Vortrag vor der Thomas-Mann-Gesellschaft in Lübeck im Oktober 2000

Bitte beachten Sie auch die folgenden Seiten

Hartmut Lange im Diogenes Verlag

Die Waldsteinsonate

Fünf Novellen

Novellen, die vom Zustand jener Unglücklichen erzählen, denen das Bewußtsein ein besonderes Verhängnis war. Novellen über Friedrich Nietzsche, die Goebbels-Kinder, Heinrich von Kleist und Henriette Vogel, den Nihilisten Alfred Seidel und über eine Jüdin und einen SS-Mann, ihren Mörder.

Die Selbstverbrennung

Roman

Die Nachricht von der unfaßlichen Tat eines Pfarrers, der sich während eines Gottesdienstes selbst verbrannt hat, zieht die beiden Hauptpersonen des Romans auf unterschiedliche Weise in ihren Bann. Sempert, der in einem kleinen Dorf an der Elbe Ruhe sucht, um ein Traktat zu schreiben, und Koldehoff, der Pfarrer dieser Gemeinde, der mit dem Gedanken kokettiert, es dem Unglücklichen gleichzutun. Daß Koldehoffs Tochter und Sempert sich ineinander verlieben, bestärkt diesen noch in seiner kritischer werdenden Haltung gegenüber dem lebensfeindlichen Vernunftsdenken ... bis ein anderes Ereignis Sempert und Pfarrer Koldehoff wieder auf ganz verschiedene Weise betrifft und betroffen macht.

Das Konzert

Novelle

»Im Salon der Frau Altenschul treffen sich seltsame Gäste: Es ist die jüdische Crème Berlins – und sie sind ausnahmslos tot, von den Nazis umgebracht. Ihre postumen Zusammenkünfte dienen dazu, inmitten schöner Dinge diesen gewaltsamen Tod, das häßliche Ende im Massengrab zu vergessen. Doch auch die Mörder zieht es dahin; draußen vor der Tür warten sie auf Sühne. Ein rührender Gedanke, um so mehr, als Erlösung für beide von der Musik kommen soll: Der junge Pianist Lewanski ist dazu ausersehen. Ein erstaunliches philosophisches Märchen, eine Kunst-Parabel um Schuld, Sühne und deren beider Überwindung: ein kleiner großer Wurf.« *Badische Zeitung, Freiburg*

Tagebuch eines Melancholikers

Aufzeichnungen der Monate
Dezember 1981 bis November 1982

»In diesen Aufzeichnungen von 1981/82 präsentiert sich Hartmut Lange als ein nachdenklich betrübter Deutscher, der im Blick auf Nietzsche, Schopenhauer, auf Alteuropas Bildungswelt die heutige karge Szenerie des ›Geisteslebens‹ besieht. Ein Mann denkt über deutsche Krisen heute nach. Sehr verhalten besonnen, ein Melancholiker mit Maß.«
Friedrich Heer / Die Furche, Wien

Die Ermüdung

Novelle

Alles fängt mit dem rätselhaften Tod seines Freundes Achternach an. Merten beschließt, dessen Witwe Gerda und ihren alten Vater in Berlin aufzusuchen. Das Wiedersehen weckt Erinnerungen: Gerda ist seine alte Jugendliebe. Merten bemüht sich zwar, die Witwe von ihrer Trauer abzulenken, doch insgeheim möchte er nur eines – seine Gerda wieder für sich gewinnen. Doch sie hält ihn mit ihrem seltsamen Verhalten auf Distanz. Sonderbare Dinge spielen sich ab. Gerda führt Selbstgespräche und entwickelt wahnhafte Ideen. Merten spürt, wie die bedrückende Atmosphäre des Hauses ihn langsam umschlingt. Rechtzeitig gelingt ihm der Absprung.

Vom Werden der Vernunft

und andere Stücke fürs Theater

Die Dramen dokumentieren einen doppelten Abschied: Ausgehend vom Hegelschen Rationalismus und Karl Marx' Sozialutopie, enden sie in der Melancholie über das Verschwinden jeder Vernunft und beschwören die Erinnerung an jene Gesellschaft, deren erklärter Gegner Lange war: an den märkischen Adel und an das Spätbürgertum.

»Lange ist fähig, Gedanken zu kritisieren, ohne dabei den Menschen, der sie äußert, zu verurteilen – es ist die kostbare Fähigkeit der Komödienschreiber.«
Georg Hensel / Frankfurter Allgemeine Zeitung

Die Wattwanderung

Novelle

Völlenklee, ein Buchhändler aus Berlin, versucht hartnäckig, seine Idee, eine Wattwanderung zu unternehmen, in die Tat umzusetzen.

»Mit der *Wattwanderung* hat Hartmut Lange sich eine Glaubenskrise von der Seele geschrieben und ein Zeitgefühl erfaßt. Er traut Welterklärungsmodellen nicht mehr. Mit seiner spröden, den Vorbildern Kleist und Büchner folgenden Sprache hält Lange seinen Weltschmerzensmann in kühler Distanz; keine neue Weinerlichkeit kommt auf, eine ungerührte Vivisektion findet statt, ›erbarmungslos‹ wie die Weite des Watts, in der sich Völlenklee schließlich verliert.«
Der Spiegel, Hamburg

Die Reise nach Triest

Novelle

Die Reise nach Triest ist nach *Die Ermüdung* und *Die Wattwanderung* der Schlußpunkt der Berliner Novellen-Trilogie.

»Ein spannendes Buch mit großer psychologischer Intuition, erzählt in einer knappen, fast lakonischen Sprache, die ohne jedes Pathos auskommt.«
Rheinische Post, Düsseldorf

Die Stechpalme

Novelle

Manfred Eichbaum, Verleger von Kunst- und Fotobänden, erhält anonyme Briefe. Der Verfasser kennt sich sehr gut aus in Eichbaums Leben, privat wie beruflich. Eichbaum, der seit fast einem Jahr an einem gebrochenen Schienbein laboriert, wird zunehmend verunsichert. Wer steckt hinter diesen Briefen?

»In unserer Literatur spielt auf dem Instrument der Novellenkunst heute keiner so meisterlich wie Hartmut Lange.«
Walter Hinck / Frankfurter Allgemeine Zeitung

Schnitzlers Würgeengel

Vier Novellen

Vier Novellen von sprachlicher Eindringlichkeit und Dichte: *Herr Semmering · Schnitzlers Würgeengel · Die Mauer im Hof · Der Himmel über Golgatha.* Verbunden sind diese Novellen durch ein ihnen voranstehendes Motto Martin Heideggers: »In der Unheimlichkeit steht das Dasein ursprünglich mit sich selbst zusammen.«

Der Herr im Café

Drei Erzählungen

Ein Schriftsteller, eine Schauspielerin und eine Sängerin sind die Hauptfiguren dieser drei Erzählungen, in denen Lange sich wie in allen seinen Texten einen Schritt außerhalb des gewohnten Raumes und der gewohnten Zeit bewegt – jenen Schritt außerhalb, der ihn zum hellwachen Beobachter des Alltäglichen wie des Geheimnisvollen macht.

»Die Erinnerung an das verblichene Genre der Künstlernovelle spukt durch die drei neuen Erzählungen von Hartmut Lange, deren Reiz darin liegt, daß sie den Anschein erwecken, sich nostalgisch dieser Erinnerung hinzugeben, während sie versteckt mit ihr spielen.«
Lothar Baier / Süddeutsche Zeitung, München

Eine andere Form des Glücks

Novelle

Kippenberger ist renommierter Statiker im Berlin der Gegenwart und arbeitslos. Doch nicht sein fehlender Job, sondern seine Freundin Corinna läßt seine Welt ins Wanken geraten. Wie kann es sein, daß sie von einer Minute auf die nächste plötzlich verschwindet? Was für eine eigenartige Form des Lebens führt sie, welches besondere Glück ist ihr beschieden? Auf subtile Art betreibt Lange ein rätselhaftes und tiefgründiges Spiel mit räumlichen und Erzählperspektiven.

Die Bildungsreise

Novelle

Müller-Lengsfeldt, Kunsterzieher aus Berlin, möchte im Dunstkreis von Johann Joachim Winckelmann das Alte Rom entdecken. Doch unbegreifliche Ereignisse stören den reinen Kunstgenuß. Und das Vorbild selbst, Winckelmann, entpuppt sich als widerspruchsvolle Gestalt mit einem rätselhaften Doppelleben. Was als beschauliche Bildungsreise begann, entwickelt zunehmend die Qualität eines metaphysischen Thrillers.

»Vielleicht ist das auch der Zauber von Langes Büchern: daß der Leser sanft hineingezogen wird in die Psyche anderer Menschen und sich gerade dort, im Fremden, unversehens mit sich selbst konfrontiert sieht.«
Susanne Schaber / Österreichischer Rundfunk, Wien

Das Streichquartett

Novelle

Eigentlich ist Schönbergs 4. Streichquartett Opus 37, an dem Berghoff unermüdlich probt, nicht gerade geeignet, seinen ohnehin angespannten Geisteszustand zu beruhigen. Ebensowenig wie die Tatsache, daß seine Frau Elisabeth mit den Töchtern zu einer Erholungsreise aufgebrochen ist, die kein Ende nehmen will. Als dann plötzlich – Traum eines jeden Geigers – eine wertvolle Mittenwalder Geige in seiner verlassenen Wohnung steht, nimmt ein Alptraum seinen Lauf.

»In Hartmut Langes Erzählungen entfaltet sich der Sog unheimlichen Geschehens über eine schnörkellose, nüchterne Sprache. Sachlich im Detail, das Unerklärliche berichtend, als sei es mit unbestechlicher Klarheit erkannt, so erscheint selbstverständlich und keiner Begründung nötig, was doch zutiefst unverständlich ist.«
Annelie Kaduk / Berliner Zeitung

Gesammelte Novellen

in zwei Bänden

»Es bedarf in allen Novellen Hartmut Langes nur einer kleinen, unerhörten Begebenheit, und die sorgfältig berechnete Statik des engen bürgerlichen Lebens gerät aus dem Lot. Lange liefert ein Höchstmaß an literarischem Realismus und durchsetzt ihn mit rätselhaften Ereignissen, die wie kleine Drehungen an der Schraube dafür sorgen, daß seine Geschichten eine Spur gegen die Wirklichkeit versetzt werden.«
Elmar Krekeler / Die Welt, Berlin